MECHTILD BORRMANN

Glück hat einen langsamen Takt

Besuchen Sie uns im Internet:
www.droemer.de

Aus Verantwortung für die Umwelt hat sich die Verlagsgruppe Droemer Knaur zu einer nachhaltigen Buchproduktion verpflichtet. Der bewusste Umgang mit unseren Ressourcen, der Schutz unseres Klimas und der Natur gehören zu unseren obersten Unternehmenszielen. Gemeinsam mit unseren Partnern und Lieferanten setzen wir uns für eine klimaneutrale Buchproduktion ein, die den Erwerb von Klimazertifikaten zur Kompensation des CO_2-Ausstoßes einschließt. Weitere Informationen finden Sie unter: www.klimaneutralerverlag.de

Originalausgabe April 2021
© 2021 Droemer Verlag
Ein Imprint der Verlagsgruppe
Droemer Knaur GmbH & Co. KG, München
Alle Rechte vorbehalten. Das Werk darf – auch teilweise –
nur mit Genehmigung des Verlags wiedergegeben werden.
Redaktion: Kristina Lake-Zapp
Covergestaltung: ZERO Werbeagentur, München
Coverabbildung: ©mauritius images / Classic Picture Library / Alamy; ©Luria - shutterstock.com
Satz: Adobe InDesign im Verlag
Druck und Bindung: CPI books GmbH, Leck
ISBN 978-3-426-28263-2

2 4 5 3 1

Inhaltsverzeichnis

Am Anfang war Blau	7
Tannengrün	11
Die Sonntagsbriefe	15
Ausgegraben	25
Aufnahme	39
Augenblicke	53
Glück hat einen langsamen Takt	59
Geben und nehmen	63
Das vierte Gebot	75
Drei Steine	87
Hanna sagt	91
Die Spur zurück	97
Ausgerechnet Blumen	111
Leere Taschen	115
Seine Freundin	121
Seltene Seerosen	127
Das Geschenk	145
Brief an einen Sohn	155
Hammer Treue	163
Gnadenlos	175

Am Anfang war Blau

Als Kind hatte sie vom Großvater gelernt, dass die Wildgänse die Farben des Sommers hüten. Wenn sie sich zu Hunderten erhoben, über das Dorf flogen und ihre Rufe minutenlang die Luft zum Vibrieren brachten, nickte der Alte zufrieden, sah zum Himmel und sagte: »Da zieht er hin, der Winter!« Ihre kleine Hand in seiner, nahm er sie mit, hinauf auf den Deich und weiter, zu der stillgelegten rostigen Eisenbahnbrücke, die über den Alten Rhein führte. Sie sahen zu, wie die Vogelschwärme aufbrachen, die in den Wiesen überwintert hatten. Einer geheimen Regel folgend, teilten sie sich in Gruppen und stiegen auf.

»Auf die Wildgänse musst du achtgeben«, flüsterte der Alte dann. »Wenn sie aufbrechen, ist die Kälte vorüber. Unter ihrem Gefieder haben sie die Farben des Sommers gehütet, und die lassen sie jetzt mit jedem Flügelschlag auf das Land fallen.«

Sie hatte ihm geglaubt.

Als sie in der Schule den Frühling auf diese Weise erklärte, lachte die Lehrerin und sagte: »Da hat dein Opa dir aber einen Bären aufgebunden!«, und sie vergaß die Märznachmittage auf der Eisenbahnbrücke.

Sie steht am Fenster und blickt hinaus in den Klinikpark.

So viel Schnee. Die Welt nur die hingeworfene Bleistiftskizze eines Malers. Laublos verharren alte Kastanien in weißer Stille, malen mit ihren Zweigen unbegehbare Wege auf den milchigen Himmel.

Schwarz-weiß.

»Ein blinder Fleck«, hatte der Therapeut gesagt.

»Immer denkt man, blinde Flecken seien schwarz«, hatte sie geantwortet, »aber das stimmt nicht. Blinde Flecken sind weiß.«

Aber am Anfang war Blau.
Hohes Blau.
Himmelblau.
Nicht nur.
Auch das Grün junger Linden.
Also Lindgrün.
Und Gelb.
Nicht dieses wässrige Gelb von Zitronen, sondern das kräftige Gelb des Löwenzahns.
Also Frühsommer.
Frühsommergelb.
Der Radweg führte schnurgerade durch das hügelige Land, und als sie einen Bauernhof mit Obstwiese passierten, trieb eine kurze Windböe weiße, an den Rändern rosa schimmernde Apfelblüten über den Radweg. Sie tanzten in der Luft wie Schneeflocken.
Also Apfelblüten.
Apfelblütenrosa.
Nils' Fahrrad war neu. Nicht nagelneu, aber drei Tage zuvor gebraucht gekauft. Zwei Nachmittage hatte sie es mit einer speziellen Politur behandelt, nur ein paar grobe Kratzer am Rahmen waren geblieben.
Die Speichen blitzten silbrig in der Sonne. Ein schönes Fahrrad, und wenn er auf dem Sattel saß, reichten seine Füße nicht ganz bis zum Boden.
Also Fahrradspeichen.
Fahrradspeichensilber.
»Das Fahrrad ist zu groß. Das Fahrrad ist doof, und außerdem ist es gar nicht neu«, maulte Nils.
Es war heiß.
Sie fuhr hinter ihm, hatte die kleine Marie im Kindersitz auf dem Gepäckträger.
Sie schluckte an seinen Vorwürfen und ihrer Unzulänglichkeit.

Also Scham.
Schamröte.
Hundertachtzig Euro. Monatelang hatte sie gespart, war sogar über ihren Schatten gesprungen, hatte ihren Ex-Mann angerufen und ihn um die fehlenden zwanzig Euro gebeten.
Das Himmelblau, das Lindgrün, das Frühsommergelb, das Speichensilber, die Schamröte und, nach einer engen Kurve, ein Vorgarten, in dem Flieder verblühte.
Also Fliederlila.
Nein!
Vorher war noch Maries Lachen.
Gelb. Aber lichter als der Löwenzahn.
Hell und aufsteigend, wie Rapsfelder im Mai.
Also Rapsgelb.
Kinderlachengelb.
Marie trommelte mit ihren kleinen Fäusten gegen ihren Rücken. »Schneller, Mama, schneller! Wann sind wir denn endlich da?«
Maries trommelnde Fäuste vermischten sich mit Nils' unzufriedenem Schimpfen.
Es ging bergauf.
Die Sonne stand hoch.
Sie mühte sich. Der Schweiß stand ihr auf der Stirn. Sie dachte an den Picknickkorb, an die Leckereien darin, dachte daran, wie lange sie diesen Ausflug vorbereitet und wie wunderbar sie ihn sich vorgestellt hatte.
Und sie dachte: Der Tag wird so nicht werden.
Dann Zornesrot.
Nein!
Zornesrot war später.
Endlich oben auf dem Hügel angekommen, der freie Blick ins Tal. Der See glitzerte grünlich-blau in der Sonne und versprach Abkühlung.
Also Wasser.

Wasserblau.

Nils raste den Berg hinunter. Sie folgte gemächlicher. Der Fahrtwind trieb ihr Tränen in die Augen, kühlte ihr Gesicht.

Im Tal parkten Autos am Straßenrand.

Ausgebreitete Decken und Handtücher am Seeufer. Badebekleidung, neonfarbene Luftmatratzen und Schwimmhilfen. Es roch nach Sonnenmilch.

Also Familienausflugstag.

Heiles Familienbunt.

Nils warf das Fahrrad in den Sand. Das Vorderrad drehte unnütz in der Luft. Er rannte zum See, zog noch im Laufen T-Shirt und Schuhe aus und warf sich ins Wasser.

Sie sah das Rad achtlos in den Sand geworfen. Sie sah die beiden Nachmittage, die sie im Keller verbracht hatte, damit es wie neu aussah. Sie hörte sich am Telefon um die fehlenden zwanzig Euro bitten.

Sie rief seinen Namen. Ihre Stimme kippte.

Jetzt Zorn.

Jetzt Zornesrot.

Sie hob Marie aus dem Kindersitz, stellte das Rad an einen Baum und rannte zum See.

Über dem Badeanzug trug sie ein tannengrünes Sommerkleid. Sie zog es nicht aus. Im Wasser klebte der Rockstoff an ihren Beinen.

Nils planschte, schleuderte kleine Wasserfontänen in die Luft. Er drehte sich um.

Sie packte ihn.

Die Restbilder sind weiß.

Der Therapeut sagt: »Ein blinder Fleck.«

Sie steht am Fenster und blickt hinaus in den Klinikpark.

Sie wartet.

Wartet, dass die Wildgänse gen Osten ziehen.

Tannengrün

Das kalte, helle Blau des Himmels wölbt sich hoch und still über den Tannen. Tagelang hat es geschneit. Die Zweige beugen sich unter der weißen Last, und nur eine feine Rauchfahne verrät den Schornstein, verrät das Haus.

Karla blickt hinaus auf die Terrasse. Die Nordmanntanne steht hinten an der Treppe in einem schwarzen Plastiktopf. In aller Frühe hat sie die silbernen und blauen Kugeln, die Strohsterne und die Engel aus Goldpapier zurück in die Schachteln gepackt und die Tanne nebst Topf hinausgestellt, so wie sie es dreißig Jahre lang getan hat. Ihre Schritte haben gleichmäßige Ovale in die makellose Schneedecke gestanzt.

Sie fröstelt, zieht die Strickjacke enger um ihren dürren Körper und geht zurück in die Küche. Sie schaltet das Licht ein und füllt den Wasserkocher. Die Uhr über der Tür zeigt elf.

Ein Tee. Ein Tee wird guttun.

Nach all dem Trubel der Weihnachtstage hat sie sich nach Ruhe gesehnt, aber jetzt ist die Stille zäh, scheint von der Decke zu tropfen wie schmelzendes Blei.

Die Kinder waren da. Marlis und Bernd mit den Enkeln Fabian und Leonie. Andreas mit seiner neuen Lebensgefährtin. Die beiden waren extra den weiten Weg von München heraufgekommen. Und Susanne. Zum ersten Mal seit ihrer Scheidung alleine mit den Kindern. Trotzdem war es ein schönes Fest. Ein letztes Mal alle versammelt. Ein schönes Abschiedsfest, denkt sie und erschrickt.

Das Wasser kocht brodelnd auf. Sie zuckt zusammen, als der Kocher sich mit einem lauten Klacken abschaltet.

Fencheltee. Fencheltee beruhigt.

Sie hängt einen Beutel in den roten Becher, gießt Wasser darauf, und wenige Sekunden später steigt ihr ein feiner Anisgeruch in die Nase. In weißen ungelenken Lettern hatte Leonie »Opa« auf die Tasse gemalt. Wie aufgeregt die Kleine war, als er das Papier mit den Sternen auf seine sorgfältige Art langsam öffnete. Und wie stolz, als er sie ungläubig fragte, ob sie das wirklich ganz alleine geschrieben habe.

Sie setzt sich an den Küchentisch und sieht hinaus. Die Äste der Tannen reichen bis ans Fenster.

Damals, als sie die Kate entdeckten, war sie ein verfallenes Häuschen gewesen, umgeben von Feldern und Wiesen. Sie hatten sich sofort verliebt, und Johann verhandelte zäh mit dem wortkargen Bauer Biermann. Über Wochen fuhr er jeden Sonntag zum Hof, bis er endlich mit diesem Pachtvertrag auf Lebzeit nach Hause kam. Die Freude war riesig gewesen. Ein perfekter Ort für ihre kleine Familie, mit einem Blick weit über das Land.

Sie rührt Honig in den Tee.

Lebzeit! Wessen Lebzeit?

1978, vor genau dreißig Jahren – sie war mit Marlis schwanger gewesen –, hatten sie hier ihr erstes Weihnachtsfest gefeiert.

Johann kaufte einen Weihnachtsbaum im Topf. »Zwei Fliegen mit einer Klappe«, sagte er, und der Gedanke, dass man den Kauf des Weihnachtsbaumes mit der Gartengestaltung verbinden könnte, erschien ihr vernünftig.

Nach und nach entstand rund um Haus und Garten ein Ring aus Nadelbäumen: Nordmanntannen, Kiefern, Douglasien, Edeltannen, Blau- und Rotfichten und sogar eine Colorado-Tanne.

Sie nimmt einen Schluck Tee. Zu süß. Zu viel Honig.

Vier Tage lang hat sie ihm den Tee ans Bett gebracht, und immer sagte er: »Zu süß. Zu viel Honig.«

Zehn Jahre nach ihrem Einzug, die erste Weihnachtstanne war bereits gut acht Meter hoch, bat sie Johann, einen geschnittenen Weihnachtsbaum für das Zimmer zu kaufen. Damals hatte sie gescherzt: »Wenn wir so weitermachen, wohnen wir irgendwann in einer lichtlosen Tannenschonung.«

Aber er kaufte weiterhin Topfbäume, schlug weiterhin »zwei Fliegen mit einer Klappe«.

Und sie kamen immer näher. Als die Kinder größer waren, mussten Sandkasten und Schaukel den neuen Weihnachtsbäumen weichen. »In unserem Garten kann man jederzeit nachzählen, wie oft wir hier Weihnachten gefeiert haben«, sagte Johann. »Das ist doch eine schöne Tradition.«

Ihre Einwände, dass sie von jedem Fest ausreichend Fotos hätten und die Alben nach Jahreszahl geordnet im Regal stünden, akzeptierte er nicht.

»Das hat doch jeder«, hielt er dagegen, »aber einen Wald der Weihnachtsfeste, den haben nur wir.«

In der Küche schaltet sie seit einigen Jahren auch tagsüber das Licht an, und auf der Terrasse gibt es nur im Hochsommer, zur Mittagszeit, ein wenig Sonne.

Einmal hatte sie eine kleine Rotfichte, die er pünktlich am Heiligabend ins Wohnzimmer stellte, angesägt. Sie hatte sich unten am Stamm zu schaffen gemacht und anschließend Topf und Schnittkerbe mit goldener Folie umwickelt. Im Januar wurde der Baum braun. Sie hätte tanzen mögen vor Glück. Bis zum März. Im März kaufte Johann eine neue Rotfichte. »Nicht, dass uns ein Weihnachtsfest verloren geht«, sagte er.

Sie legt ihre Hände um den Becher, spürte die Wärme und atmet tief durch.

Sie hatte ihn gewarnt, hatte gesagt: »Ich will nicht lebendig in diesem Tannenwald begraben sein.«

Es war ein schönes Fest, dieses letzte Weihnachten mit der Familie.

Sie nimmt den Teebecher und geht hinauf ins Schlafzimmer. Ihr Blick fällt auf den blauen Becher. »Oma« steht in Leonies kindlicher Handschrift darauf.

Sie stellt den roten Opa-Becher mit dem süßen Fencheltee

auf das Nachtschränkchen und nimmt den blauen Oma-Becher mit.

Der Wollige Fingerhut hatte im Sommer am Rand der Terrasse gestanden, sonst wäre sie nie auf die Idee gekommen. Aber er hatte dagestanden wie ein Zeichen. Tagelang betrachtete sie ihn von der Terrassentür aus, und dann sagte Johann: »Morgen mach ich den weg. Der gehört da nicht hin.«

Sie dachte nicht nach, antwortete kurz entschlossen: »Lass nur. Ich kümmere mich darum.«

In der Küche spült sie die »Oma-Tasse« gründlich aus und stellt sie in den Schrank.

Noch einmal geht sie ins Wohnzimmer und betrachtet von der Terrassentür aus die kleine Nordmanntanne.

Im März würde sie ein Gartenbauunternehmen mit dem Fällen der Bäume beauftragen. Schon im Mai könnte sie dann vom Küchenfenster aus das Gelb der Rapsfelder leuchten sehen und im Sommer auf der Terrasse glutrote Sonnenuntergänge beobachten.

Die kleine Nordmanntanne würde sie im Gedenken an dieses letzte Weihnachtsfest in den Garten pflanzen.

Sie lächelt zufrieden.

Dann erst greift sie zum Telefon, wählt den Notruf und sagt atemlos: »Mein Mann. Bitte kommen Sie schnell.«

Die Sonntagsbriefe

Am Heiligabend waren die Kinder und Enkelkinder da gewesen, und es war turbulent zugegangen. Als sie sich weit nach Mitternacht auf den Heimweg machten, stellte die Tochter noch eine kleine Schachtel auf den Gabentisch. Erst am nächsten Morgen öffnete seine Frau Frieda die feine silberne Schnur. »Ein Geschenk, das man nur einmal im Leben macht«, sagte sie. »Sieh nur, Hermann!«

In der Schachtel lag eine Haarlocke ihrer zweijährigen Enkelin, sorgsam mit einem rosa Band zusammengebunden.

Das Geschenk brannte ihm in Augen und Brust.

Vergessen! Vor mehr als fünfzig Jahren hatte er sie vergessen.

Damals hatte er ihr seine Liebe gestanden. Zärtlich, mit Blumen in der Hand, hatte er es ausgesprochen. Sein Gesicht in ihr dichtes dunkles Haar vergraben, hatte er es geflüstert. Sorgfältig, nach Worten suchend, hatte er es in Briefen formuliert.

Geliebte Lisa!

Das Licht, das hinter ihren großen braunen Augen zu leuchten schien, er hatte es gekannt … und vergessen.

Frieda kommt mit dem Tee in den Wintergarten.

»Hermann, jetzt sitzt du schon zwei Stunden hier herum und starrst in den Garten. Was ist denn los mit dir?«

Sie stellt das Tablett auf den kleinen Beistelltisch neben seinem Sessel, rückt eine Tasse, Zuckerdose und Milchkännchen zurecht. Draußen liegt der Garten unter einer weichen Schneedecke, wie ein unbewohntes Zimmer, in dem die Möbel mit weißen Laken sorgsam abgedeckt wurden.

Der Tag ist von einer Klarheit, die ihn angreift.

Er tätschelt Friedas Schulter.

»Nichts, Frieda, nichts. Ich will nur ein bisschen hier sitzen.

Ein herrlicher Tag ist das. Lass uns später noch ein Stück gehen, ja?«

Frieda lächelt und geht. Seit zweiunddreißig Jahren sind sie nun verheiratet, und immer macht er Tauschgeschäfte. Kleine Tauschgeschäfte. Jetzt will er seine Ruhe haben und bietet Gesellschaft an. Später!

Er lehnt sich in seinem braunen Ohrensessel zurück und schaut in die nackte Krone des Ahornbaumes am Ende des Gartens. Ein kräftiger Baum. Still und stark steht er da, nur zur Linken dieser längst abgestorbene Ast.

Im Sommer liegt er geschützt im Blattwerk versteckt, aber der Winter legt ihn bloß, zeigt ihn von Wind und Witterung nackt geschält. Warum schmerzt ihn der Anblick erst jetzt?

Lisa Kranz.

Er war Schüler des Gymnasiums gewesen, und sie war – nur einen Steinwurf entfernt – in die Hauswirtschaftsschule gegangen. Über ein Jahr hatte er sie aus der Ferne angesehen und seinen Nachhauseweg so geplant, dass er ihr begegnen und ein Stück des Weges neben ihr gehen konnte.

Diese letzten unbeschwerten Sommerferien. Im folgenden Frühjahr sollte er sein Abitur machen und anschließend Medizin studieren. Das Studium hatte wohl schon mit seiner Geburt festgestanden. Der Großvater war Arzt gewesen, der Vater, und natürlich würde auch er Arzt werden.

In jenem Sommer hatte diese feste Vorstellung von seiner Zukunft Risse bekommen. Sein ganzes Streben galt nicht mehr dem Studium in Heidelberg. Jetzt kreisten seine Gedanken, seine Ängste und Hoffnungen um Lisa. Er wünschte sich sehnlich, sie an seiner Seite zu haben.

Hinter der Schule wartete er auf das Klingelzeichen der Hauswirtschaftsschule, das immer zehn Minuten nach dem Gong des Gymnasiums ertönte, und schlenderte dann, so langsam es ging, die Mozartstraße hinauf. Sie holte ihn ein, grüßte und verlangsamte ihren Schritt. Ihr tiefbraunes Haar trug sie zu einem Zopf zusammengebunden, aber rund um das schmale Gesicht waren im Laufe des Vormittags einzelne Haare und kurze, widerspenstige Locken aus dem Haarband entwischt. Vom schnellen Gehen schimmerten ihre Wangen rosig, und immer sah sie aus, als hätte sie bis eben versucht, die Welt aus den Angeln zu heben.

Über drei Monate gingen sie so nebeneinanderher, erzählten vom Unterricht des Vormittags, schimpften über Lehrer, stöhnten über Hausaufgaben und tauschten vorsichtig stille Seitenblicke.

Sie war es, die den ersten Schritt machte.

Am Wochenende würde ein Zirkus in der Stadt sein, und ihr Vater hatte zwei Freikarten bekommen. Ob er vielleicht mit ihr …?

Er sah nichts von der Vorstellung. Er sah nur sie. Wie sie sich ängstlich zurücklehnte, als die Löwen den Kreis der Manege abschritten. Wie sie lachte, als die Clowns stolpernd und schubsend miteinander stritten. Wie ihr Mund sich staunend rundete, als Akrobaten durch die Luft wirbelten.

Er nahm ihre Hand, als er sie an jenem Abend nach Hause begleitete, strich ihr zärtlich eine Haarsträhne aus dem Gesicht und gestand seine Zuneigung.

Sie lächelte, und er sah dieses Leuchten in ihren Haselnussaugen. Dann beugte sie sich vor, küsste flüchtig seine Wange und lief ins Haus.

Er nickt dem Ahorn zu. Damals hatte er sich zum ersten Mal einen Schritt weit vom sicheren Stamm des Elternhauses entfernt. Die Eltern hatten skeptisch, aber durchaus wohlwollend genickt und lediglich gemahnt, er solle das Abitur und das anschließende Studium nicht aus den Augen verlieren.

Die Sommerferien 1934 waren ihre Zeit gewesen.

Er erinnert sich an dieses Gefühl der Freiheit, eine Weite im Innern, die in seiner jugendlichen Vorstellung von nun an sein Lebensgefühl sein würde.

Jeden Samstag brachte er ihr einen Brief mit. Einen Sonntagsbrief, denn sonntags konnten sie sich nicht sehen. Ihre Eltern bestanden darauf, dass sie den Sonntag zu Hause mit ihren Eltern und Geschwistern verbrachte.

»Damit du mich morgen nicht vergisst«, sagte er jedes Mal, und sie schob den Brief wie eine Kostbarkeit in die Tasche ihres Kleides. Einmal brachte sie ihm, in blaues Seidenpapier eingewickelt, eine Locke mit.

»Die habe ich mir abgeschnitten. Ein Stück von mir, für deine Sonntage«, sagte sie lachend.

Als sie im Herbst an ihre Schulen zurückkehrten, gingen sie Hand in Hand die Mozartstraße hinauf. Sie waren ganz offiziell ein Paar. Der Sohn des Doktor Lahrmann und die Tochter des Herrenausstatters Kranz.

Kurz vor Weihnachten, es war der Freitag vor dem zweiten Advent, und sie waren im Kino gewesen, kamen sie auf dem Heimweg am Juweliergeschäft Tesch vorbei. Auf die Schaufensterscheibe war mit weißer Farbe »Jude« geschmiert. Lisa ging mit gesenktem Kopf eilig vorbei, und als sie den Stadtpark erreichten, flüsterte sie: »Hermann, ich muss dir was sagen. Meine Mutter ... Sie ist Jüdin.«

Er greift zur Teetasse. Der Tee ist kalt, und doch beseitigt er die leichte Übelkeit.

Er hatte den Arm um Lisas Schultern gelegt und erwidert: »Aber Lisa, deine Mutter betrifft das doch nicht. Sie ist eine anständige, fleißige Frau! Es geht doch um die Wucherer, um die, die Deutschland ausbluten.«

»Und was ist mit Tesch?«, widersprach sie. »Glaubst du denn wirklich, dass Tesch so einer ist?«

Von übereifrigen, dummen Jungen hatte er geredet, von Auswüchsen, die sich bald geben würden, und dann hatte er seinen Vater zitiert: »Der Führer wird schon dafür sorgen, dass es nicht die Falschen trifft.«

War es da passiert? Hatte er selber geglaubt, was er gesagt

hatte, oder war er an jenem Abend bereits einen ersten kleinen Schritt zurückgewichen? Jedenfalls hatte er beim Abschied gesagt: »Das mit deiner Mutter, das bleibt unser Geheimnis.«

Von nun an machten ihn Bemerkungen über Juden, die er bisher ganz selbstverständlich hingenommen hatte, hellhörig.

Der Vater, der zu Hause erklärte, dass die Juden die Wirtschaftskrise in Deutschland zu verantworten hätten. Sein Geschichtslehrer, der im Unterricht mahnte: »Die Juden sind das Unkraut, das sich in Deutschland ausbreitet und den fruchtbaren deutschen Acker zerstört.«

Er war verunsichert, und ihm kam es so vor, als habe Lisa diese Unsicherheit in sein Leben getragen. Ja, er dachte sogar manches Mal: Wenn sie doch still gewesen wäre. All diese Sätze hätten nicht ein solches Gewicht, wenn sie nicht von ihrer Mutter gesprochen hätte!

Er hört, wie Frieda im Esszimmer mit dem Geschirr klappert. Das leuchtende Blau des Himmels verliert sich langsam. Eine rötliche Wolkenbank liegt jetzt auf der Anhöhe. Im Restlicht scheint der tote Ast des Ahorns zu glühen, die äußeren Spitzen der feinen Zweige verlieren sich in der aufkommenden Dunkelheit.

An einem Donnerstag Ende April 1935 wartete er vergeblich vor der Hauswirtschaftsschule. Lisa kam nicht. Stattdessen lief Sonja, ihre Schulfreundin, auf ihn zu.

»Hast du es gewusst?«, rief sie ihm schon von Weitem entgegen.

»Was denn? Was meinst du? Wo ist Lisa?«

»Sie ist ein Mischling! Sie ist zur Hälfte Jüdin. Hast du das gewusst?«

Er schluckt und fährt sich mit der Rechten durch sein dichtes graues Haar.

Da war es passiert. Wenn nicht an jenem Abend nach dem Kino, dann an diesem Tag. Er war zurückgewichen und hatte, ohne nachzudenken, gelogen.

»Nein«, hatte er gesagt, »nein, das wusste ich nicht!«

»Jedenfalls fällt sie unter das Gesetz gegen die Überfüllung von deutschen Schulen. Sie kommt nicht mehr!« Sonja war außer sich, schimpfte auf die Schule und erklärte: »Die Lisa, die gehört doch zu uns. Wir müssen was tun!«

Da hatte er sich umgedreht und war fortgegangen. Nicht die Mozartstraße hinauf, sondern über einen Umweg nach Hause. Er hatte sich geschämt. Hatte sich seiner Lüge geschämt und gleichzeitig immer wieder gedacht: Morgen wissen sie es alle. Morgen wissen es die Eltern, die Lehrer, die Freunde.

Die Dunkelheit breitet sich aus, als würde jemand beständig Tinte in die blaue Weite träufeln. Es sind nur noch wenige Tage bis zum Vollmond. Der Ahorn scheint verschluckt von der Schwärze, nur der geschälte, tote Ast glänzt silbrig weiß.

Der Vater hatte enttäuscht den Kopf geschüttelt und gesagt: »Du musst einsehen, dass eine solche Verbindung nicht länger möglich ist!«, und die Mutter hatte weinerlich gefragt: »Das willst du uns doch nicht antun?«

Eine Woche verging ohne Lisa. Sie meldete sich nicht, und er wusste nicht ein noch aus. Das enttäuschte Kopfschütteln seines Vaters und das Jammern der Mutter machten ihn mürbe. Auch die Lehrer sprachen ihn an, und ihre Argumente wurden von Tag zu Tag einleuchtender. Er gab sich einsichtig, machte Zugeständnisse, redete sich ein, dass er gar nicht anders handeln könne.

Eine weitere Woche verging. Der Vater legte stolz den Arm um die Schultern seines vernünftigen Sohnes, die Mutter lächelte ihn dankbar und erlöst an. Die Lehrer lobten seine Vernunft.

Er steht auf und betrachtet den silbernen Ast, der seine Spitze dem Mond entgegenschiebt, um sich an seinem Licht zu bereichern.

Frieda ruft aus der Küche. Das Essen ist fertig. Er will nicht essen.

Sie trafen sich heimlich, außerhalb der Stadt. In diesen Stunden entschied er sich für Lisa und schämte sich seiner Zugeständnisse den Eltern und Lehrern gegenüber. Dann stammelte er Entschuldigungen, bat sie um Verständnis für seine Situation und versprach, dass die Heimlichkeit bald ein Ende habe. Er sprach sogar von Heirat und davon, mit ihr gemeinsam nach Heidelberg zu gehen.

Im Herbst ging er dann alleine. »Erst einmal«, wie er ihr versicherte. Der Abschied war eilig. Lisa brachte kein Wort heraus, nickte all seinen Versprechen stumm entgegen.

Schon vierzehn Tage später wurden die Nürnberger Rassengesetze verabschiedet. Er widmete sich seinem Studium und schrieb ihr weiterhin jede Woche einen »Sonntagsbrief«. Von Heirat und einer gemeinsamen Zukunft in Heidelberg sprach er darin nicht mehr.

Weihnachten kehrte er zum ersten Mal nach Hause zurück. An Heiligabend, es war bereits nach Mitternacht, rief der Vater ihn in sein Arbeitszimmer. Er schenkte guten französischen Cognac ein und prostete seinem Sohn zu. Dann legte er ein Päckchen, gebunden mit einem rosafarbenen Band, auf den Tisch.

»Ich habe noch ein Weihnachtsgeschenk für dich!«

Er war an den Schreibtisch getreten und hatte sie sofort erkannt. Seine Sonntagsbriefe.

Der Schmerz durchzog seinen ganzen Körper, und er musste mit beiden Händen Halt an der Schreibtischkante suchen.

»Hat sie die gebracht?«

»O nein.« Sein Vater lehnte sich in seinem Sessel zurück. »Aber schließlich kann man nicht wissen, wie weit dieses Rassengesetz ausgelegt wird. Ich bin hingegangen. Ganz diskret. Ich habe ihr gesagt, dass ich alles haben möchte, was auf eine Beziehung zwischen ihr und dir hinweist.«

Sein Vater hatte ihm mit diesem wohlwollenden Lächeln zugenickt, mit dem man seinem Gegenüber großzügig ein

»Danke« erlässt. Dann war er aufgestanden, um den Schreibtisch herumgekommen und hatte ihm auf die Schultern geklopft. »Übrigens, der brauchst du nicht nachzuweinen. Eine schwache Person. Hat hemmungslos geheult.«

»Was stehst du da am Fenster, Hermann? Was siehst du denn da?« Frieda stellt sich neben ihn und starrt angestrengt hinaus.

»Ich betrachte den Ahorn.«

Sie schnalzt rügend mit der Zunge.

»Der wäre ja ganz schön, wenn du endlich den toten Ast herausschneiden würdest. Darum bitte ich dich jeden Herbst, schon seit drei Jahren.«

Hermann nickt.

»Ja, vielleicht. Aber … ich möchte, dass er bleibt.«

Sie atmet hörbar aus und marschiert in die Küche zurück.

»Na schön, wie du meinst. Komm jetzt bitte Abendbrot essen.«

Er hatte es nicht ertragen. Am nächsten Tag hatte er die Briefe genommen und war zu ihr gegangen. Da war sie schon nicht mehr seine Lisa gewesen. Blass und fast ein bisschen ängstlich stand sie auf der obersten Steinstufe. Die braunen Augen hatten das Leuchten, das er so geliebt hatte, verloren.

Er hielt ihr die Briefe mit ausgestrecktem Arm entgegen und entschuldigte sich für seinen Vater. Er befände sich in einer unangenehmen Lage, erklärte er, seine Familie, die politischen Verhältnisse – sie müsse das verstehen. Seine Liebe zu ihr hätte aber nach wie vor Gültigkeit, und bald, da sei er sich sicher, kämen wieder andere Zeiten und dann …

»Für deinen Vater willst du dich entschuldigen?«, hatte sie mit plötzlicher Heftigkeit gerufen und ungläubig den Kopf geschüttelt. »Für deinen Vater? Das ist nicht nötig, Hermann.« Dann hatte sie sich umgedreht und war ins Haus gegangen.

Im Sommer 1936 hörte er zum letzten Mal von ihr. Familie

Kranz hatte alles zurückgelassen und war fortgegangen. Nach England, hieß es.

Eine Wolke schiebt sich vor den Mond, der Ahorn ist jetzt gar nicht mehr zu sehen.

Er hatte die Briefe an jenem Abend verbrannt.

Die Haarlocke hob er auf. Erst Jahre später verstand er, was er ihr mit seinem ängstlichen Taktieren angetan hatte.

Im Frühjahr 1952 – er war seit zwei Jahren mit Frieda verheiratet – kauften sie dieses Haus. Frieda räumte Umzugskartons aus, und er richtete den Garten her. Beim Nachmittagskaffee, auf der provisorisch angelegten Terrasse, legte sie das feine blaue Seidenpapier mit der Haarlocke auf den Tisch.

»Was ist das, Hermann?«, fragte sie misstrauisch. Er hatte sein kurzes Erschrecken heruntergeschluckt, das Papier in die Brusttasche seines Arbeitshemds gesteckt und neckend gesagt: »Meine liebe Frieda, die Locke ist zwanzig Jahre alt. Kein Grund zur Eifersucht.«

Später am Tag pflanzte er den Ahorn ans Ende des Gartens. Beim Ausheben der Erde musste es wohl herausgerutscht sein, denn als er das Papier mit der Locke abends aus seiner Hemdtasche nehmen wollte, war es nicht mehr da.

Ausgegraben

Der Winter war ohne große Kälte vorübergegangen und hatte viel Regen gebracht. Die Wiesen und Felder im Tal lagen Ende März noch satt und schwer, und die Bauern warteten mit dem Pflügen, ließen dem Boden ein paar trockene Tage.

Nur der neue Bauherr wartete nicht. Den Kösterhof hatte er schon im November abgerissen und anschließend dieses große Schild aufgestellt. Es zeigte sechs Einfamilienhäuser und darunter die Namen des Architekten und des Bauunternehmers.

Schon die Zwangsversteigerung zwei Jahre zuvor war erstaunlich verlaufen. Der Hof grenzte an den Naturpark an und war seit über zwanzig Jahren als landwirtschaftliche Nutzfläche festgeschrieben. Die beiden Nachbarbauern wollten das Land ersteigern, aber zwei Fremde hatten das Startgebot von achtzigtausend Euro auf über zweihunderttausend getrieben. Dass jemand für ein marodes Haus und mittelmäßiges Ackerland so viel bot, hatte schnell zu Gerüchten geführt. Von Umwandlung in Bauland war die Rede, von Bestechung und Korruption. Das ganze Dorf war in Aufregung.

Aus solchen Dingen hielt sich Elisabeth Gräser, die Wirtin vom Lokal *Mühlenbach,* heraus. Empörung war nicht ihre Sache. Außerdem hatte sie sich für Lore, die ihr Leben lang auf dem Hof geschuftet hatte, ohne auf einen grünen Zweig zu kommen, gefreut. Sie konnte nicht nur ihre Schulden bei der Bank begleichen, sondern hatte auch noch eine schöne Summe übrig behalten.

Als sich die Gerüchte vom Bauland bestätigten, fand im *Mühlenbach* eine Bürgerversammlung statt. Hermann Sonntag, der im Dorf wohnte und Mitglied im Stadtrat war, geriet in Erklärungsnot. Das Wohnhaus, der Stall und die Scheune würden abgerissen werden, und nur auf diesen Flächen sollten neue Häuser entstehen. Und immer wieder versicherte er, dass das zum Zeitpunkt der Versteigerung noch nicht geplant gewesen sei. Die Dörfler glaubten ihm kein Wort, aber die Wogen glätteten sich.

Und nun das.

Am Montag waren sie angerückt. Das stetige Heulen der Motorsägen lag wie eine Drohung über dem Ort. Wenn die Bäume fielen, die Äste barsten und brachen, hallte ein Ächzen und Krachen durchs Tal. Die Männer arbeiteten auf der Obstwiese. Die hohen Birken zur Straße, die Apfel-, Birnen- und Kirschbäume waren in wenigen Stunden abgeholzt, und seit gestern wüteten auf der Wiese eine Raupe und ein Bagger. Sie brachen die Grasnarbe auf, rissen die Baumstümpfe mitsamt Wurzelwerk aus der Erde und schoben den nassen Mutterboden zur Seite.

Am Abend war der Thekenraum im *Mühlenbach* brechend voll. Auch Lore war gekommen. Hermann Sonntag verschaffte sich mit seinem tiefen Bariton Gehör.

»Also, liebe Leute, ich bin doch einigermaßen überrascht«, erklärte er mit arrogantem Unterton. »Die neuen Häuser brauchen doch einen vernünftigen Zugang zur Straße. Außerdem ist die Kanalisation über hundert Jahre alt und muss erneuert werden. Das wird doch wieder zugeschüttet. Und Bäume, das verspreche ich euch, werden auch wieder gepflanzt.«

Elisabeth bediente an den Tischen. Ihr Neffe Thomas stand hinter dem Tresen, seine Frau Christa kümmerte sich um die Küche. Vor einem Jahr hatte sie den beiden das Lokal überschrieben und war in ein kleines Haus am Dorfrand gezogen. Sie hatte niemandem gesagt, dass der Krebs an ihr fraß, hatte stattdessen von *Ruhestand* und *Verantwortung abgeben* gesprochen. Trotzdem stand sie immer noch täglich in der Gaststube und half aus.

Während sie die Bestellungen an die Tische trug, sah sie zu Lore hinüber, die mit einigen anderen Gästen im hinteren Teil der Gaststube saß. Lore war blass, sie hatte zu ihrem Bier schon drei Schnäpse getrunken.

Um Mitternacht saßen nur noch drei Gäste an der Theke, und Lore war alleine am Tisch zurückgeblieben. Elisabeth zapfte zwei Gläser Bier und setzte sich zu ihr an den schweren, alten Holztisch. Lores Gesicht war im Laufe der Jahre spitz geworden, aber in ihrem Blick lag immer noch dieser kindlich staunende Ausdruck.

»Eine Katastrophe ist das«, flüsterte sie.

Elisabeth tätschelte ihr die Schulter. »Ich weiß.« Der Hof war seit Generationen im Besitz der Kösters gewesen, und Lore hatte ihn nicht halten können.

Sie schwieg und starrte in ihr Glas. Leise Gespräche von den letzten Thekengästen waren zu hören und fernes Klappern aus der Küche, wo Christa letzte Aufräumarbeiten erledigte. Der Spielautomat am Ende des Tresens verlangte im Minutentakt klimpernd und blinkend nach jemandem, der ihn fütterte.

Lore atmete schwer. »Du verstehst das nicht, Elisabeth«, sagte sie und sah die Freundin dabei nicht an. Elisabeth strich ihr tröstend über den Rücken. Sie saßen lange, ohne ein Wort zu sagen.

Als die letzten Thekengäste fort waren und Christa mit den Tageseinnahmen nach oben ging, legte Thomas im Sicherungskasten Schalter für Schalter um, und im Saal, in der Küche und im Restaurant wurde es dunkel. Auch der Spielautomat gab endlich Ruhe. Nur die drei Messinglampen über der Theke mit ihrem dünnen gelblichen Licht ließ er an.

Elisabeth stand auf, ging hinter den Tresen und sagte zu ihrem Neffen: »Mach Feierabend. Ich schließ dann ab.«

Als er hinaufgegangen war, goss sie zwei Calvados ein und bedeutete Lore, sich an die Theke zu setzen. »Dann muss ich nicht aufstehen, falls wir noch einen brauchen«, versuchte sie es in scherzhaftem Ton.

Die beiden Frauen waren seit Kindertagen Freundinnen.

Lore war eine zierliche Frau mit feinem, blondem Haar und großen, staunenden Augen, was ihr schon als Kind den Ruf eingebracht hatte, dumm zu sein. Aber das war sie nicht. Lore gehörte zu den Menschen, die dem Leben hilflos gegenüberstanden. Sie hatte kein eigenes Gewicht. Wie eine Feder im Wind taumelte sie ziellos dahin, immer auf der Suche nach jemandem, der sie an die Hand nahm. Lore, die Sanfte, die stets versuchte, es allen recht zu machen.

Elisabeth hingegen war schon als Kind kräftig, vorlaut und von schneller Auffassungsgabe gewesen. Sie hatte Lore vom ersten Tag an gemocht und beschützt wie eine kleine Schwester. Warum das so war, dafür brauchte es in Kindertagen keine Erklärung, und Lore hatte es Elisabeth mit unverbrüchlicher Treue gedankt.

Sie kippten den Calvados in einem runter, und Lore schob das leere Glas über die Theke.

»Elisabeth, was immer passiert, versprich mir, dass wir Freundinnen bleiben.«

»Was redest du denn da? Wir sind seit über fünfzig Jahren befreundet, warum sollte sich das ändern?« Elisabeth stellte die Calvadosflasche zurück ins Regal und die leeren Gläser in die Spüle. Lore war betrunken, sonst würde sie nicht so reden. Sie tätschelte ihr die Hand. »Es ist spät. Geh nach Hause und schlaf dich aus. Vielleicht solltest du nicht ständig zum Hof fahren und dir ansehen, was da passiert.«

Lore rutschte vom Hocker, zog ihre hellblaue Übergangsjacke an, nahm die abgegriffene schwarze Handtasche und huschte ohne ein weiteres Wort hinaus.

Sie hatten zusammen die Hauptschule im Ort besucht. Weil Lore das einzige Kind der streng katholischen Kösters war und den Hof mit ihrem zukünftigen Mann übernehmen sollte, besuchte sie anschließend die Hauswirtschaftsschule. Elisabeth machte in der Stadt eine Lehre als Verkäuferin in einem Schuhgeschäft.

Sie lebten für die Wochenenden, waren immer zu zweit unterwegs. Verbotene Discobesuche, für die sie sich in einer Scheune am Ortsausgang heimlich umzogen. Bunte, kurze Kleider oder enge Jeans, mit denen die Eltern sie niemals auf die Straße gelassen hätten. Die ersten Flirts, das erste Mal zu viel Alkohol und die endlosen Gespräche über Jungen. Lore mit ihrer hellen Haut und den großen, dunklen Augen war eine kleine Schönheit, und so mancher Junge interessierte sich für sie. Aber während Elisabeths Freunde wechselten, war es wohl Lores Hang zur Treue, der sie gleich an den Ersten band. Sie war gerade siebzehn und Franz Blohm einundzwanzig, gut aussehend und redegewandt. Als Autoverkäufer gehörte er zu den wenigen, die einen eigenen Wagen fuhren. Einen türkisfarbenen Ford Taunus mit weißem Dach. Einige Zeit waren sie zu dritt unterwegs, aber Elisabeth mochte Franz' großspurige Art nicht und auch nicht, wie Lore an seinen Lippen hing und – so schien es ihr damals – immerzu nickte. Vielleicht war sie auch einfach eifersüchtig gewesen, weil sie in Lores Leben nicht mehr an erster Stelle stand. Nicht, dass die Freundschaft zerbrach, aber sie gingen immer öfter getrennte Wege und entfernten sich voneinander.

Silvester 1973 feierte Elisabeth mit Kolleginnen aus dem Schuhgeschäft in der Disco *Big Ben*. Lore und Franz waren auch da. Um Mitternacht standen sie draußen und sahen dem Feuerwerk zu, als Lore sie beiseitezog und ihr mit hochrotem Kopf anvertraute, dass sie schwanger war.

Elisabeth Gräser löschte das letzte Licht über der Theke, nahm ihren Mantel und schloss das Lokal ab. Die fünfhundert Meter bis zu ihrer Wohnung ging sie zu Fuß. Die Häuser lagen wie aufeinandergestapelt am Hang, Laternen malten die Schleifen der Straße nach, die den Berg hinaufführte. In einigen Fenstern brannte noch Licht. Vielleicht lag es an dieser nächtlichen Stille, vielleicht an der frischen Luft, aber plötzlich war sie in Sorge. Lore war wirklich merkwürdig gewesen.

Mit siebzehn ein uneheliches Kind. Das war in diesem streng katholischen Dorf ein Skandal, und es gab nur eine Lösung: Im Februar 1974 heiratete Lore Franz Blohm, und als im Juni die kleine Angelika zur Welt kam, hatte alles seine Ordnung. Im Ort war man zufrieden, und auch Lore schien in ihrer kleinen, überschaubaren Welt Halt zu finden. Sie war mit Kind, Haus und Hof beschäftigt, und Elisabeth heiratete zwei Jahre später den Koch Georg Gräser und zog in die Stadt. Nur sporadisch, wenn Elisabeth ihre Eltern besuchte, hörte sie noch von Lore.

Dass sie wieder schwanger war.

Dass sie die Zwillinge Michael und Markus bekommen hatte.

Dass der alte Köster gestorben war.

Dass Franz kein Bauer sein wollte, weiterhin in der Stadt arbeitete und Lore zusammen mit ihrer Mutter den Hof bewirtschaftete.

Ganz normale Nachrichten, wie man sie über die Jahre von Menschen hört, mit denen man in der Vergangenheit zu tun hatte.

Elisabeth und ihr Mann Georg träumten zu jener Zeit von einem eigenen Lokal, und als für den *Mühlenbach* ein neuer Pächter gesucht wurde, war Georg begeistert. Elisabeth wollte eigentlich nicht zurück ins Dorf, aber die günstige Pacht und der langfristige Vertrag mit Kaufoption waren überzeugend. Drei Monate renovierten sie und bauten um, und als sie im Juni 1979 Eröffnung feierten, waren auch Lore und Franz eingeladen.

Franz kam alleine. Er setzte sich an die Theke und fiel in seiner modischen weißen Schlaghose, dem passenden Jackett mit breitem Revers und den halblangen Haaren auf. Bei den jungen Leuten stand er bald im Mittelpunkt und gab Anekdoten aus dem Leben eines Autoverkäufers zum Besten. Elisabeth freute sich, denn er spendierte eine Runde nach der anderen, war witzig und trug zur guten Stimmung bei.

Als sich die Gesellschaft nach und nach auflöste, fragte sie ihn nach Lore.

»Die hat zu tun. Die drei Kleinen, die Tiere versorgen, und um vier muss die raus zum Melken«, zählte er auf. »Da geht sie früh zu Bett. Aber ich soll schön grüßen.« Er war angetrunken, redselig und voller Selbstmitleid. »Weißt du, Elisabeth, mit der Lore ist nichts mehr los. Mit dem Hof ist doch kein Geld zu verdienen. Wenn es nach mir ginge, dann würde ich verkaufen, in die Stadt ziehen und ein Autohaus eröffnen. Aber Lore und ihre Mutter. Die reden beide den gleichen Mist. ›Seit zweihundert Jahren Familienbesitz, das gibt man nicht einfach auf …‹ und dieser ganze Quatsch. Wenn bloß die Alte nicht wäre.«

Erst an dem Abend fiel ihr auf, dass sie Lore seit ihrer Rückkehr ins Dorf nicht einmal begegnet war. Trotzdem vergingen noch einige Tage, ehe sie zum Kösterhof fuhr.

Elisabeth war schon früh wieder im Lokal und sprach mit Thomas und Christa die Mittagskarte durch, als die Nachricht eintraf.

»Polizei an der Baustelle«, hieß es, und mit jedem neuen Gast kamen neue Informationen in die Gaststube. Zuerst hörte sie, dass die Bauarbeiten eingestellt werden mussten, weil Genehmigungen fehlten. Dann war von einem Unfall auf dem Gelände die Rede und schließlich von einem Fund.

Einem Leichenfund.

Karl, der jeden Mittag sein Bier bei ihr trank, wusste zu berichten, dass die Kriminalpolizei vor Ort war und einen Teil der Obstwiese mit einem rot-weißen Band abgesperrt hatte.

Elisabeth stellte sich hinter die Theke. Sie zapfte Bier, füllte Gläser mit Cola oder Mineralwasser und bediente die Kaffeemaschine. Nach außen wirkte sie ruhig, aber in ihrem Kopf überschlugen sich die Gedanken.

Karl und Erich saßen an der Theke, und Siegfried stand am Spielautomaten und fütterte den Apparat mit Zwei-Euro-Münzen. Sie rätselten lautstark über den Leichenfund. Erich fragte sie, ob sie eine Idee habe.

»Was weiß ich«, antwortete sie knapp, »wahrscheinlich noch einer aus dem Krieg.«

Karl schüttelte den Kopf: »Hier doch nicht!«

Als zwei Fremde das Lokal betraten, beugte er sich vor und flüsterte: »Die hab ich da gesehen. Die sind von der Polizei!«

Eine Frau Ende vierzig und ein junger Mann setzten sich an einen der Tische. Sie bestellten Wasser und das Tagesgericht, und immer wieder ging einer der beiden vor die Tür, um zu telefonieren.

Später kamen sie an die Theke. »Weiß jemand von Ihnen, ob es in den Achtzigerjahren, vielleicht auch erst Anfang der Neunziger irgendeinen besonderen Vorfall hier im Ort gab?«, fragte die Frau. »Wird seither vielleicht jemand vermisst?«

Karl, Erich und Siegfried wechselten Blicke, und Elisabeth bemerkte ihn bei allen dreien: diesen kurzen Moment, den es braucht, wenn sich alte Bilder neu sortieren. Diesen Augenblick, wenn eine neue Information alte Wahrheiten in ein anderes Licht taucht. Dann schüttelten sie fast gleichzeitig die Köpfe.

»Nicht dass ich wüsste«, sagte Siegfried, und dabei sah er Elisabeth an, die leichenblass geworden war.

»Die Vorbesitzer«, bohrte die Frau weiter, »können Sie mir sagen, wo ich die finde?«

»Lore wohnt im Nachbardorf bei ihrer Tochter«, antwortete Karl.

»Und der Bauer?«

»Der alte Köster? Der ist schon lange tot. Danach hat Lore den Hof mit ihrer Mutter bewirtschaftet und später alleine.«

Als die beiden gegangen waren, sprach zunächst niemand.

Erich klopfte mit dem Fuß seines Glases auf den Bierdeckel und wandte sich an Siegfried, der wieder am Automaten stand, ganz damit beschäftigt, drehende Herzen, Kirschen und Erdbeeren in eine Reihe zu bringen.

»Die Wahrheit war das aber nicht. Da hast du doch jemanden vergessen, oder?«

Siegfried war ein großer, stämmiger Mann Ende fünfzig. Ihm gehörte die Tankstelle am Ortseingang. Er schlug gegen die Seitenwand des Automaten, als könne er damit die drehenden Räder beeinflussen.

»Was willst du, Erich?« Er kam an die Theke, baute sich auf und sagte in einem Ton, der keinen Widerspruch duldete: »Die haben nach dem Bauern gefragt, oder? Und der letzte Bauer auf dem Kösterhof war der alte Köster, oder?«

Erich rutschte auf seinem Hocker hin und her und nickte eingeschüchtert.

Dann hatte Elisabeth es eilig. Sie ging in die Küche und bat Christa, die Theke zu übernehmen. »Ich muss mal weg«, sagte sie knapp, nahm die Autoschlüssel vom Haken und eilte hinaus.

Als sie damals mit einigen Tagen Verspätung Lore besuchte, war sie zutiefst erschrocken. Sie erkannte die Freundin kaum wieder: Lore war dürr, ihre Hände waren schrundig von der Arbeit, die Haare strohig und lieblos mit einem Gummi zusammengebunden. Ihre Lippe war aufgeplatzt, an den Armen zeigten sich blaue Flecken. Lore sagte kaum etwas, es war ihre Mutter, die erzählte. Franz lebte sein eigenes Leben, kam nur zum Schlafen nach Hause, und wenn er getrunken hatte, schlug er Lore.

»Er will, dass sie den Hof verkauft. Er braucht das Geld für ein Autohaus«, sagte die alte Köster, während Lore nur dasaß, den Blick auf den Boden gerichtet, als sei das alles ihre Schuld.

Nur einmal hob sie den Kopf und flüsterte: »Es ist der Alkohol. Wenn er nüchtern ist, dann ist er nicht so.«

»Schmeiß ihn raus«, riet ihr Elisabeth auf ihre pragmatische Art, »wozu brauchst du ihn, wenn er sowieso nicht mit anpackt?«

Aber davon wollte die alte Köster nichts hören, redete vom heiligen Bund der Ehe und dass sie das mit dem Pastor besprochen habe. »In guten wie in schlechten Zeiten«, habe der gesagt, »und das hat Lore nicht nur Franz, sondern auch Gott versprochen.«

Zwei Tage danach kam Franz in den *Mühlenbach,* ganz der galante Autoverkäufer. Elisabeth bat ihn nach draußen. Er gab sich kleinlaut.

»Elisabeth, du kennst mich doch. Eigentlich bin ich nicht so, aber die Lore … für mich ist das auch nicht einfach.«

Zwei Stunden später, nach mehreren Whisky-Cola, änderte sich sein Ton. »Die heilige Lore. Ist doch alles ihre Schuld! Sie behandelt mich wie einen Bittsteller, verbaut mir die Zukunft, weil sie auf dem verdammten Hof sitzt wie eine Henne auf ihren Eiern.«

Am Tag darauf hatte Lore ein blaues Auge und eine Platzwunde an der Stirn und fand hundert Entschuldigungen für ihren Mann.

Elisabeth erteilte Franz im *Mühlenbach* Hausverbot. Er sollte sich nicht auch noch ausgerechnet in ihrem Lokal betrinken.

Im Laufe der nächsten Wochen stellte sie fest, dass alle im Dorf seit Jahren Bescheid wussten. Von »Das ist deren Angelegenheit« über »Kommt in einer Ehe schon mal vor«, bis hin zu »Vielleicht will die das ja so. Schließlich könnte sie ihn doch vom Hof jagen«, bekam sie an ihrer Theke alles zu hören.

Lore, die ausharrte wie ein Tier in der Falle, die alte Köster, die das Sakrament der Ehe über das Wohl ihrer Tochter stellte – das alles brachte Elisabeth auf, und oft war sie auf Lore und die alte Köster mindestens ebenso zornig wie auf Franz. Trotzdem besuchte sie die Freundin weiterhin. Manchmal ging es eine Zeit lang gut, und Lore war zuversichtlich, aber nie sehr lange. Gebrochene Rippen, Gehirnerschütterungen, ein gebrochener Arm und Platzwunden im Gesicht. Dreimal brachte Elisabeth Lore zum Arzt, wo die sich mit »Unfällen im Stall« herausredete.

Erst als die alte Köster krank wurde und einige Wochen später starb, änderten sich die Dinge. Bis zu diesem Zeitpunkt gehörte die Hälfte des Hofes Lores Mutter, aber jetzt war sie die Erbin. Hatte Franz bis dahin die Kinder nicht angefasst, schlug er kurz nach der Beerdigung zum ersten Mal die kleine Angelika.

Es war ein Dienstagabend, als im Lokal das Telefon klingelte. Lore war am Apparat.

»Er hat gesagt, er bringt mich um. Wenn er zurückkommt und ich die Vollmacht für ihn nicht unterschrieben habe, bringt er mich um.«

Elisabeth fuhr sofort hin, packte Lore und die Kinder ins Auto und nahm sie mit in den *Mühlenbach*. Lore war schweigsam wie immer, aber ihr sonst so sanfter Blick hatte sich verändert. In den großen Augen fehlte das Staunen.

»Ich werde morgen mit ihm reden. Er soll gehen«, sagte sie mit einer Entschiedenheit, die Elisabeth nicht von ihr kannte.

Am nächsten Morgen boten Elisabeth und auch Georg Lore an, sie zu begleiten. Sie lehnte ab.

»Um diese Zeit ist er nüchtern. Da kann man mit ihm reden«, sagte sie. Eine Stunde später rief sie an. »Können die Kinder bis zum Abend bei euch bleiben? Franz packt, und ich würde es ihnen gerne später in Ruhe erklären.«

Elisabeth Gräser lenkte den Wagen die kurvenreiche Straße hinauf und über den Berg ins Nachbardorf. Lores Tochter Angelika lebte mit ihrer Familie in einer Neubausiedlung, und Lore bewohnte die zum Haus gehörige Einliegerwohnung.

Auf der Fahrt dachte sie darüber nach, was an jenem Mittwoch 1982 geschehen war. Als Elisabeth ihr die Kinder gebracht hatte, waren Franz' Auto, der Fernseher, die Stereoanlage, seine Plattensammlung und diverse andere Sachen verschwunden. Lore war mit ihr durchs Haus gegangen, hatte aufgezählt, was er mitgenommen hatte, und ihr den ausgeräumten Kleiderschrank gezeigt.

»Soll mir recht sein«, hatte sie gesagt, »dann hat er keinen Grund, noch einmal zurückzukommen.«

Sie stellte das Auto vor der Garage ab. Der gepflegte Vorgarten lag in der Sonne, Forsythienbüsche blühten an der Grenze zum Nachbargrundstück.

Elisabeth ging auf dem Plattenweg um das Haus herum, zum Eingang der Einliegerwohnung. Sie musste nicht klingeln, Lore erwartete sie bereits an der Tür.

Auf Begrüßungsrituale verzichtend, fragte Elisabeth: »War die Polizei schon hier?«

Lore schüttelte den Kopf.

»Nein. Haben sie ihn gefunden?«

»Ja.«

»Dann werden sie bald kommen.«

»Ja.«

Sie gingen ins Haus, und Lore bot Kaffee an. Elisabeth war schon oft hier gewesen. Eine kleine Wohnung, nicht aufwendig, aber liebevoll eingerichtet. In einer Ecke des Wohnzimmers hölzerne Rollkisten mit den Spielsachen der Enkel, darüber, in einem kleinen Regal, Bilderbücher. An der gegenüberliegenden Wand das alte Biedermeiersofa und diverse gerahmte Fotos. Lores Eltern, der Hof, Angelika mit Mann, die Zwillinge mit ihren Frauen und von jedem Enkelkind ein Porträt.

»Manchmal war ich drauf und dran, es dir zu sagen.« Lore stand mit der Kaffeekanne und zwei Tassen in dem Bogen, der die kleine Küche vom Wohnzimmer trennte. »Dass ich geschwiegen habe, war kein mangelndes Vertrauen, sondern … Ich wollte dich da nicht mit hineinziehen.« Sie stellte die Tassen ab und setzte sich. »Aber du musst wissen, ich bereue es nicht.«

Elisabeth beugte sich vor. »Hör zu, Lore, du musst mir genau erzählen, was damals passiert ist.«

»Da gibt es nicht viel zu erzählen. Ich habe schon lange vorher darüber nachgedacht. Eine Scheidung war nicht möglich. Franz wäre niemals einverstanden gewesen, und wenn nur ein Ehepartner die Scheidung wollte, musste man damals drei Jahre Trennungszeit nachweisen. Ich hätte mit den Kindern den Hof verlassen müssen. Der Franz wäre doch nicht gegangen.« Sie reichte Elisabeth den Zuckertopf mit den rosa Blümchen. »Im Grunde war es sogar seine Idee. ›Wenn du eines Tages spurlos verschwindest, wird niemand daran zweifeln, dass du mich verlassen hast.‹ Das hat er gesagt, und da habe ich gedacht: Warum sollte das umgekehrt nicht genauso sein?« Die Tür zum Balkon stand auf. Sie hörten das Tschilpen der Meisen im Garten, eine Mutter in einem der Nachbarhäuser rief ihr Kind herein.

Lore sprach weiter in diesem leisen, aber festen Tonfall. Ein Tonfall, der kein Bedauern erkennen ließ.

»Als du uns an jenem Abend abgeholt hast und wir die Kinder zu Bett gebracht haben, war ich so wütend. Wütend auf mich. Von da an ging alles wie von allein. Franz saß am Küchentisch, das Papier, das ich unterschreiben sollte, lag vor ihm. Er hatte seinen Rausch ausgeschlafen, trank Kaffee und fragte: ›Bist du endlich zur Vernunft gekommen?‹ Ich habe Ja gesagt. Die gusseiserne Pfanne stand noch vom Vorabend auf dem Herd. Ich habe den Stiel mit beiden Händen gegriffen und zugeschlagen.«

Lore stand auf, holte aus einer Schublade ein kleines weißes Kunststoffkästchen und stellte es geöffnet auf den Tisch. Die zwei Eheringe lagen auf blauem Samt.

»Ich weiß nicht, wie lange ich dagestanden habe, ohne zu wissen, wie es weitergehen soll. Aber dann habe ich ihm den

Ehering vom Finger gezogen, und das war wie eine Befreiung. Ich war ganz ruhig und konnte wieder denken. Ich habe dich angerufen, gebeten, die Kinder bis zum Abend zu behalten, und anschließend habe ich alles, was ihm gehörte, in sein Auto gepackt. Eigentlich wollte ich auch Franz in den Wagen laden und im See, bei den stillgelegten Kiesgruben, versenken, aber das Auto war voll. Da fiel mir der abgerissene Brunnen auf der Obstwiese ein. Vater hatte ihn zwanzig Jahre zuvor stillgelegt, die oberen Mauern entfernt und ihn unter der Grasnarbe abgedeckt. Ich habe die Abdeckung freigelegt, Franz auf die Schubkarre geladen und die Rasensohlen wieder auf den Deckel gelegt. Das Auto habe ich in die Scheune gestellt. In der Nacht bin ich zum See gefahren, habe es versenkt und bin die achtzehn Kilometer zurückgelaufen.«

Lore schwieg und betrachtete – jetzt wieder mit diesem Staunen im Blick – die beiden Eheringe.

»Weißt du, Elisabeth, auch die Jahre danach waren nicht leicht, aber ich hatte mit meinen Kindern eine gute Zeit.«

Sie schwiegen lange. Dann sprach Elisabeth von dem Krebs, der ihr nur noch wenige Wochen lassen würde.

Im Garten lagen schon lange Schatten, als es an der Haustür klingelte. Die Frau und der junge Mann, die mittags im *Mühlenbach* gegessen hatten, standen vor der Tür.

Die beiden Frauen erzählen wahrheitsgetreu, was sich an jenem Mittwoch 1982 abgespielt hatte, allerdings mit einer kleinen Änderung. Es war Elisabeth, die sagte: »Ich wollte mit Franz reden. Aber als ich frühmorgens auf den Hof kam, ist er gleich auf mich los. Ich habe mich nur gewehrt ...«

Aufnahme

Hallo … Hallo, Frederik. Die Lena hat mir dieses Gerät besorgt, weil … weil du nicht mit mir sprechen willst, aber ich dir doch was sagen möchte …«

Stopp.

Nein. Das war nicht gut.

Mit zittrigen Händen legt Margret das Diktiergerät auf den Küchentisch, schiebt den alten Holzstuhl mit der fadenscheinigen blassgrauen Polsterung zurück und geht zum Herd.

Kaffee. Erst mal Kaffee kochen.

Die Lena hat gesagt, schreib ihm doch, wenn er deine Besuche nicht will. Aber was hat man schon geschrieben in den letzten zwanzig Jahren? Einkaufszettel und Überweisungen. Zwei Stunden hat das gedauert. Für eine Seite. Eine Seite, und die dann auch noch voll mit durchgestrichenen Sätzen. So was schickt man doch nicht ab.

Sie füllt den Wasserkessel und stellt ihn auf den Herd, dann nimmt sie die Glaskanne, die früher mal Teil einer Kaffeemaschine war, und spült sie behutsam aus.

Die Maschine hatte Frederik ihr geschenkt. Sie ist schon lange kaputt, aber die Kanne ist noch heil, und die hält sie in Ehren. Sie löffelt Kaffeepulver hinein. Ihr Blick wandert zum Küchentisch. Misstrauisch beäugt sie das kleine silberne Gerät darauf.

Ein Jahr ist das her, dass die alle hier waren. Die von den Zeitungen und vom Fernsehen. Keine Minute Ruhe, nicht mal nachts. Da konnte man sich nicht mehr auf die Straße trauen. Glauben kann man so was ja nicht. Das geht einem über den Verstand. Da denkt man nur: Das hat der Junge nicht getan. Das muss sich doch aufklären. Und dann … dann will der einen nicht sehen, und man weiß nicht, warum.

Das Wasser kocht. Sie nimmt den Kessel und schüttet Wasser auf das Kaffeepulver.

Reden ... alles in das Gerät sagen. Das wird ja nicht so schwer sein, nicht so wie Briefe schreiben, sollte man denken. Aber jetzt ... jetzt weiß man nicht, wie man anfangen soll.

»Mein lieber Frederik«, murmelt sie und streicht über die Kaffeekanne.

Nein! Das wird ihm nicht gefallen. Da wird er die Kassette sofort aus dem Apparat reißen und in den Müll werfen. Behandle mich nicht immer wie ein Kind!, wird er schimpfen.

Sie stellt den Kessel ab und stützt sich schwer auf die Spüle.

»Frederik, ich hab doch nur noch dich«, spricht sie in das Spülbecken. Sie schluckt.

Nein! Nein, das auf keinen Fall.

Das Kaffeepulver hat sich auf dem Kannenboden abgesetzt. Sie nimmt einen Becher aus dem Oberschrank und gießt sich ein. Am Küchentisch zündet sie sich eine der selbst gedrehten Zigaretten an und nimmt einen tiefen Zug. Bevor sie das Diktiergerät anfasst, wischt sie ihre schweißnassen Hände an dem blassgrünen Kittelkleid ab und spult zurück.

Wenn das doch im Leben auch so ginge. Wenn man doch alles, was man gesagt hat, mit neuen Sätzen wegsprechen könnte.

Sie räuspert sich und legt die Zigarette auf den Aschenbecherrand.

Aufnahme:
»Frederik, ich bin's ... Mama. Ich weiß nicht, warum ich dich nicht besuchen darf. Ich bin ... ich meine, warum denn nicht? Ich versteh das nicht.«
Stopp.

Sie steht auf und starrt zum Küchenfenster hinaus. Die Fassade gegenüber ist mit Satellitenschüsseln übersät. Auf den kleinen Balkonen stehen Wäscheständer und Getränkekisten. Unten auf dem Platz, neben den Glascontainern, stapeln sich Müllbeutel.

Aufnahme:
»Ich hab mir nicht träumen lassen, dass ich hier mal lande. Eigentlich ... ich hätte deinen Vater nicht heiraten dürfen. Das war ein Fehler. Dass der gesoffen hat, hab ich ja gewusst. Aber damals dachte ich, wenn ich ihm einen ordentlichen Haushalt schaff, wird das schon. Ich dachte, der säuft, weil er allein ist, wegen der Geselligkeit und so. Und zuerst ging es ja auch nicht schlecht. Zu Hause hat er keinen Ärger gemacht. Ich dachte, das wird schon. Braucht eben alles seine Zeit.«
Stopp.

Über der Spüle hängt ein Rasierspiegel an einem Nagel. Sie geht hinüber und starrt in das Spiegelgesicht. Talgig blasse Haut und dunkle Ringe unter den Augen. Die rausgewachsene Dauerwelle an den Seiten mit Klammern zurückgehalten.
So ist man ja nicht immer gewesen. Damals nicht. Hochhackige Schuhe und Minirock und so. Die Frauen haben getuschelt, wenn man die Straße langging, und die Männer haben gegafft und gepfiffen. Schlange gestanden haben die. Jeden hätte man kriegen können. Aber wenn man jung ist, ist man einfach zu blöd.
Sie nimmt die Zigarette aus dem Aschenbecher, zieht ein paarmal daran.

Aufnahme:
»Als er das erste Mal rumgebrüllt hat und ich mir eine fing, dass ich die Engel singen hörte, da wusste ich, dass ich mich geirrt hab. Es dauerte nicht lange, da war er jeden Abend besoffen, und ich, ich hab meine Veilchen vor den Nachbarn versteckt und ... Ich hab doch gemerkt, wie sich alle

die Hände gerieben haben, die Weiber. Und … und als ich dann schwanger war, da dacht ich … da hab ich gedacht, jetzt auch das noch.«
Stopp!

Sie starrt auf die Tischplatte aus Eichenfurnier und drückt die Zigarette im Aschenbecher aus. Auf der linken Seite des Tisches ist ein brauner Ring eingebrannt.
Von dem heißen Topf. Damals, als der Frederik in die Küche gestürzt kam.
Aber das war später.
Draußen liegen jetzt eckige Schatten auf dem Platz. Direkt gegenüber, im achten Stock, sitzt ein Mann mit nacktem Oberkörper auf dem Balkon.
Polen und Russen. Der ganze Block voll. Mitte der Neunziger sind die gekommen. Und in den Blocks dahinter die Türken. Aber die waren schon eher da.

Aufnahme:
»Du warst ein freundliches Kind, und obwohl ich nicht viel Gutes über deinen Vater sagen kann, eins muss Wahrheit bleiben: Er hat dich gemocht. Wenn er Geld hatte, bekam ich nichts für den Haushalt. Ich musste sehen, wie ich was auf den Tisch kriegte, aber für dich gab es Geschenke. Einmal sogar ein ferngesteuertes Auto. Da hat der Preis noch auf der Verpackung geklebt. Hundertneunzehn Mark. Und ich? Ich kriegte Prügel und musste am nächsten Tag im Lebensmittelladen Mehl und Eier anschreiben lassen. So was bleibt einem nicht in den Kleidern stecken. Das geht tief. Am nächsten Tag hast du gequengelt, dass ich neue Batterien kaufen soll. Da hab ich's zertreten, das Auto, und … und das hat mir sofort danach leidgetan.«
Stopp.

Was einem alles wieder einfällt, wenn man so daherredet. Vielleicht sollte man die letzten Sätze …
Nein. Wahrheit muss Wahrheit bleiben!

Sie zündet eine neue Zigarette an, nimmt mehrere tiefe Züge.

Aufnahme:
»Und dann war er weg. Ich wusste nicht, wie es weitergehen sollte. Da warst du neun, und ich weiß, dass sie dich gehänselt haben. Ich hab gehört, wie sie dir hinterhergerufen haben. ›Dein Vater ist mit der hässlichen Schlampe aus dem Lindenkrug abgehauen, der hat sich blind gesoffen!‹, haben sie gerufen. Und gelacht haben sie. Und du, du bist mit hängenden Schultern weitergegangen. Du warst ein liebes Kind.«
Stopp.

»Ja, das warst du«, flüstert sie zum Fenster hinaus und bläst den Rauch gegen die Scheibe.
Sie lacht auf.

Aufnahme:
»Mir fällt grad ein, einmal hast du behauptet, der alte Köster hätte einem von den Türkenjungen Geld abgenommen. So warst du. Dir konnte man alles weismachen. Und einmal, da warst du schon elf, wolltest du die Polizei rufen. Mama, hast du gesagt, der Bergmann hat die Wagenreifen von den Aslans zerstochen, das hab ich gesehen. Da hab ich dir eine Ohrfeige verpasst.«
Stopp.

Der Bergmann war ein Anständiger. Der hatte seine geregelte Arbeit und trank nicht. Der machte so was nicht ohne Grund. Aber so war das damals mit dem Frederik. Der konnte einfach nicht unterscheiden.

Sie nimmt den letzten Schluck von dem lauwarmen Kaffee und sieht zur Küchenuhr. Gleich sieben. Darunter, am Haken an der Tür, hängen, in Plastikfolien verpackt, ihre weiße Bluse, die beigefarbene Popelinjacke und Frederiks blauer Anzug.

War nicht billig, die Reinigung, aber auf dem Gericht will man schließlich ordentlich angezogen sein. Da soll sich der Junge nicht schämen müssen.

Der Kaffee in der Kanne ist kalt. Sie gießt eine Becherfüllung in einen kleinen Topf und stellt ihn auf den Herd.

Kann man ja nicht wegschütten, nur weil er kalt ist. So dicke hat man's dann auch nicht. Vielleicht … das mit der Ohrfeige, das sollte man vielleicht nicht sagen.

Das sollte man besser löschen.

Sie setzt sich wieder an den Küchentisch und spult zurück.

»… den Aslans zerstochen.«

Stopp.

Aufnahme:

»Dann bist du in die Hauptschule gekommen, und ich hab die Stelle bei Karstadt gekriegt. Ich dachte, jetzt geht's bergauf. Morgens sind wir zusammen los, du in die Schule, ich mit dem Bus in die Stadt. Da hab ich die Lena kennengelernt, weißt du noch? Die fuhr auch jeden Tag.«

Stopp.

Der fade Geruch von aufkochendem Kaffee breitet sich aus. Sie drückt die Zigarette im vollen Aschenbecher aus und gießt die braune Brühe in den Becher.

Aufnahme:

»Abends hab ich dir für den nächsten Tag vorgekocht, weil ich doch erst nach sieben zu Hause war. Das erste Jahr ging auch gut, aber dann hast du plötzlich gemeint: ›Brauchst

mir nicht mehr vorkochen, ich ess bei den Kanters mit. Der Matthias Kanter ist mein Freund.‹ Da hab ich mir nichts bei gedacht. War mir sogar recht. Weil ich doch gesehen hab, dass du dich verändert hast, fröhlicher warst und so. Nicht mehr so verstockt.
Gewundert hab ich mich schon, als der Matthias das erste Mal vor der Tür stand. Ich hab ja gemeint, der ist in deiner Klasse. Dass der schon vierundzwanzig war, kam mir erst komisch vor. Ich dachte … Na, du weißt schon. Ein Erwachsener, der sich für kleine Jungs interessiert, so einer eben. Da hab ich die Lena gefragt, weil die ja alle hier kannte. Gelacht hat sie. ›Der Matthias ist verheiratet, und da gehen viele von den Jungs hin‹, hat sie gesagt. ›Da brauchst du dir keine Sorgen zu machen. Der veranstaltet Grillabende, geht mit denen bolzen und so. Sogar Ferienlager hat der schon gemacht.«
Stopp.

Sie öffnet die Küchenschublade mit dem Backpapier, der Alufolie und den Rechnungen und zieht eine abgegriffene Postkarte hervor. Das Bild zeigt eine Berglandschaft mit Fluss.
Hier ist es schön. Wir angeln und fahren Kanu. Abends machen wir Lagerfeuer. Ich lerne Gitarre. Dein Frederik
Sie wischt sich verstohlen über die Augen, legt die Karte zurück und kippt das Fenster. Der Mann gegenüber hat den Fernseher in die Balkontür gestellt. Schwere, runde Worte, russische oder polnische, hallen zu ihr herüber.

Aufnahme:
»Mit vierzehn bist du dann mit auf Freizeit. In die Berge. Alles kostenlos. Damals hast du mir eine Postkarte geschrieben und … und da hab ich mich gefreut. Aber als du nach Hause kamst, waren deine schönen Haare ab. Wir haben Streit gehabt wegen der Haare, weißt du noch? Und drei Monate spä-

ter gab's den nächsten Krach. Du bist nicht mehr zur Schule gegangen und hast gesagt: ›Der Kanter, der hat den Papa gekannt, und der sagt, Papa war ein guter Deutscher.‹«
Stopp.

Sie reißt ein Blatt von der Küchenrolle und schnäuzt sich die Nase.

Außer Rand und Band war der damals. Rumgebrüllt hat er. »*Du hast den Papa immer nur schlechtgemacht*«, *hat er getobt.* »*Dir hat er nie was recht machen können! Du hast ihn aus dem Haus getrieben!*«

Sie schiebt das Küchenpapier in die Kitteltasche, nimmt einen Schluck Kaffee und steckt sich eine neue Zigarette an.

Aufnahme:
»Da war ich wütend auf den Kanter, aber gegen den durfte ich ja nichts sagen. Und dann ging's ja auch wieder. Als die mir bei Karstadt gekündigt haben, da hatte der schon die Leiharbeiterfirma und hat dir Arbeit besorgt. Handlanger, Packer und Lagerarbeiter. Unter der Hand. Und das muss ich sagen: Wenn du Geld in der Tasche hattest, hast du immer was abgegeben. Für Haushalt, Miete und so. Jedenfalls sind wir gut zurechtgekommen. Als die vom Amt dich erwischt haben, da hat der Kanter das hingebogen. Da muss man ehrlich sein. Da muss wahr bleiben, was wahr ist. Das hat der auf seine Kappe genommen. Hat denen gesagt, du wärst erst seit zwei Tagen dabei, und er hätte mit den Papieren geschludert.«
Stopp.

Sie inhaliert tief und bläst den Rauch weit von sich.
Da muss man schon dankbar sein. Hier am Küchentisch hat er gesessen. »*Ist doch eine Schweinerei*«, *hat er gesagt.* »*Wenn ich den Frederik ordentlich anmelde, sackt der Staat die Hälfte*

vom Verdienst ein. Da kommt ihr doch auf keinen grünen Zweig. Und wo geben die das sauer verdiente Geld von dem Frederik hin? An die Ausländer!« Ist ja nicht falsch. Ist ja so. Mit der Arbeit bei Karstadt hat man kaum mehr gehabt als jetzt auf Hartz IV, und von dem bisschen, was übrig war, musste man das Monatsticket bezahlen, damit man überhaupt hinkam zur Arbeit. Nein, richtig ist das nicht, wie das hier so ist. Das sagt die Lena ja auch.

Aufnahme:
»Ja, und dann … dann passierte das mit dem Brandfleck auf dem Tisch. Wegen dem Ordner im Stadion. Du bist in die Küche gestürmt und hast gesagt: ›Scheiße, Mama, im Fußballstadion, da haben die einen Ordner kaputt getreten, und jetzt behaupten die Bullen, ich hätte da was mit zu tun. Hab ich aber nicht.‹«
Stopp.

Immer weiter geredet hat er, ganz aufgeregt. Da kann man die einfachsten Handgriffe nicht mehr, nicht mal mehr Kartoffeln ordentlich abgießen. Ganz durcheinander wird man da. »Der Ordner hat um halb sechs eins auf die Fresse gekriegt«, hat Frederik gesagt. »Du musst sagen, dass ich schon um fünf wieder hier war, Mama. Das sagst du doch?«

Da ist man erschrocken, und dann stellt man den heißen Topf vor lauter Aufregung auf den Tisch, und der brennt sich ein. Und der Brandring, der bleibt. Den kriegt man nicht wieder weg.

Aufnahme:
»Ganz verschreckt warst du in den Tagen danach, hast sogar geweint und bist abends zu Hause geblieben. Ich dachte, das wird dir eine Lehre sein. Aber dann kam der Kanter, und du bist wieder losgezogen. Hat nicht lange gedauert, da warst du

wieder obenauf. Richtig geprahlt hast du. ›Mir können die nichts, ich war zu Hause. Stimmt's, Mama?‹ Da hab ich's gewusst. Aber ich hab's trotzdem gesagt. Im Gericht. Auf Eid hab ich's genommen. ›Um fünf‹, hab ich gesagt. Und das …« Stopp.

Und das war vielleicht falsch. Aber man lässt doch sein eigenes Kind nicht ins Messer laufen. Das tut man doch nicht.
Sie fuhr mit dem Zeigefinger über den braunen Ring.
Und dann kommt der Junge aus dem Gericht und geht mit den anderen weg. Sieht einen nicht mal an. Da steht man auf dem langen Flur und denkt: Wenn das mal kein Fehler war.

Aufnahme:
»Die Haare hast du wieder wachsen lassen. Nicht lang. So ein Kurzhaarschnitt. Da war ich froh. Hast wieder gut ausgesehen.
Und dann ging das ja auch los mit den Mädchen. Ich hatte mir schon Sorgen gemacht, weil … Na ja, da warst du ja schon neunzehn, als das endlich anfing. Von da an hast du hier kein Geld mehr abgegeben, hast alles fürs Ausgehen gebraucht.«
Stopp.

Die Zigarettenasche ist auf den Tisch gefallen. Sie schiebt sie mit der rechten Hand an die Tischkante, fängt sie mit der linken auf und lässt sie in den Aschenbecher fallen.

Aufnahme:
»Die Lena hat mir damals erzählt, dass du Lokalrunden im Lindenkrug geschmissen hast, und den Mädchen hast du Sekt spendiert und so. Aber … aber sie hat auch gesagt, dass der Wirt sich über dich beschwert hat. Der Frederik, der macht die Deckel rund, und dann kann er nicht zahlen, hat

der gesagt. Da hab ich mich geschämt, als Lena mir das erzählt hat, weil ... weil ... so was tut man nicht.«
Stopp.

Sie stellt die leere Kaffeetasse in die Spüle und sieht zur Uhr hinauf.
Halb neun. Die Luft in der Küche ist verraucht.
Sie öffnet das Fenster. Unten auf dem Platz stehen die Russen um einen Grill.
Der Mann von gegenüber ist jetzt auch dabei.
So sind die. Sobald es schönes Wetter ist, tun die so, als wär das ihr Platz.
Die Abendluft ist angenehm. Sie lehnt sich mit dem Rücken an den Fensterrahmen.

Aufnahme:
»Als du mit der Sonja zusammen warst, dachte ich: Jetzt wird er vernünftig. Die Sonja hatte einen guten Einfluss auf dich. Aber dann war das von heute auf morgen vorbei. Ein paar Tage später hab ich sie auf der Straße getroffen. ›Der Frederik säuft‹, hat sie gesagt. ›Immer wenn der mit seinen Freunden zusammen ist, säuft der.‹«
Stopp.

Sie steht ganz still, den Blick fest auf den grauen Linoleumboden geheftet. Unten auf dem Platz ist Lachen zu hören. Es mischt sich mit dem Ticken der Küchenuhr und dem Motorengeheul eines vorbeirasenden Mopeds.

Aufnahme:
»Ich meine ... ich hab schon gemerkt, dass du manchmal eine Fahne hattest, aber so ... Ich meine, dass das jeden Abend so war, das ist mir nicht aufgefallen. Und als ich gesagt habe: ›Frederik, das muss doch nicht immer sein‹, da

bist du wütend geworden. Und da hab ich an deinen Vater denken müssen. Na, wenn der dem das mal nicht vererbt hat, hab ich gedacht.«
Stopp.

So was denkt man dann und ob das alles so richtig ist, mit den Freunden und dem Kanter. Aber da kann man nichts machen. Da redet man gegen Wände.

Aufnahme:
»Was da letzten Herbst passiert ist, weiß ich ja nicht so genau. Ich weiß nur, was die Polizei gesagt hat und der Anwalt. Aber was an dem Abend im Lindenkrug war … Da war die Lena dabei, und die sagt, dass der Neger mit den Rosen reingekommen ist und du Karten gespielt hast und dass es ziemlich voll war an dem Abend.
Jedenfalls, als der mit seinen Rosen dastand, hast du gerufen: ›Ich fass es nicht, der traut sich ja was, der Kokosnusspflücker!‹ Alle haben gelacht, und der Neger hat wohl begriffen, dass er da nicht hingehört. Der wollte gehen, und du hast ihn aufgehalten. ›Alle‹, hast du gesagt, ›ich nehme die alle.‹ Und dann hast du die Rosen genommen und sie an die Frauen verteilt. Jede hat eine gekriegt, und … und eine hast du auf den Tresen gelegt. ›Die ist für meine Mutter‹, hast du gesagt, und das hat …«
Stopp.

Sie schluckt, zieht das Stück Küchenpapier aus der Kitteltasche und wischt sich über Augen und Nase.

Aufnahme:
»Und da hab ich mich gefreut, als die Lena das erzählt hat. Zu dem Neger hast du dann gesagt: ›Jetzt mach, dass du rauskommst, Bimbo. Der Boden ist schon ganz dreckig von

deinen schwarzen Füßen.‹ Und der ist dann auch bis zur Tür, aber da hat der sich umgedreht und gesagt: ›Du hast Rosen genommen, ohne zu bezahlen. Du bist ohne Ehre.‹ Und dann ist er abgehauen, und du bist auch nicht mehr lange geblieben. Ja, und mehr weiß ich eigentlich nicht. Nur noch, dass der dann morgens in der Unterführung gelegen hat. Da war der schon tot.
Dein Anwalt sagt, dass kurz nach dir noch drei andere gezahlt haben und gegangen sind. Und er meint … er meint, einer von denen könnte das auch gewesen sein. Er sagt, dass du das warst, das ist gar nicht sicher. Aber ich meine … ich glaube …«
Stopp.

Minutenlang starrt sie vor sich hin. Dann schüttelt sie den Kopf und spult zurück.
»… gar nicht sicher.«
Stopp.

Aufnahme:
»Ich hab deinen Anzug reinigen lassen. Damit du was Ordentliches anhast bei dem Prozess. Damit du dich nicht schämen musst. Ich meine, wenn ich dich besuchen dürfte … dann könnte ich ihn mitbringen.«
Stopp.

Augenblicke

Karl Petzold zieht die Zeitung aus dem Briefkasten und schlurft in die Küche. Er spült einen Becher aus, schenkt Kaffee ein und setzt sich an den Küchentisch.

Die Zeitung ist dick.

Samstag.

Bei dem Wort Samstag fällt ihm sein Sohn Martin ein. Ein kurzer Gedanke, den er nicht festhalten kann, den er nicht verbinden kann, und schon ist beides verloren. Der Sohn und der Samstag. Er streicht sich über das seit Tagen unrasierte Kinn, knotet den Gürtel seines Bademantels zusammen und setzt sich. Die Enden des Gürtels, nur ineinander gedreht, fallen auseinander.

Die Augen haben nachgelassen. Den Berichten in der Zeitung kann er nicht folgen, und manchmal spürt er Zorn über diese Schwäche. Er sollte dem Zeitungsjungen sagen, dass er sie nicht mehr bringen muss.

Der Gedanke, es sind nicht nur die Augen, es ist auch das Kreuzworträtsel, verfliegt.

Es ist wie damals in der Schule, wenn Lehrer Dressler mit dem Schwamm über die Tafel wischte, lange bevor er die Sätze oder Formeln hatte abschreiben können.

»Petzold, du taugst nicht fürs Gymnasium«, hatte der dann gebrüllt und mit ironischem Grinsen angefügt: »Schuster, bleib bei deinem Leisten! So sagt man doch, nicht wahr, Petzold?«

Die ganze Klasse hatte gegrölt vor Lachen, weil sein Vater doch Schuster gewesen war.

Wenn die Zeitung nicht mehr gebracht wird, kommen auch die Todesanzeigen nicht mehr ins Haus. Die bekannten Namen, nach denen er sucht und die er laut vor sich hin sagt. Dieses Laut-Aussprechen ist, als würde er eine Angel in den großen Teich der Erinnerungen werfen, und oft fischt er stundenlang im Trüben.

Gestern hat die Todesanzeige von Hermann Schupka drin gestanden. War das gestern? Nein, gestern war doch Sonntag, oder? Sonntags kommt die Zeitung nicht. Mit dem Schupka hat er zusammen im Stadtrat gesessen. Ein kleiner, lauter Mann, der zu fast allen Sitzungen zu spät gekommen war.

»Petzold, du taugst nicht fürs Gymnasium!«, hatte er gerufen.

Nein! Nein, das war nicht Schupka. Wer hatte das gesagt? Er wusste es. Ein anderer. Wie hieß der noch?

Er nimmt einen Schluck von dem inzwischen kalten Kaffee und steht so abrupt auf, dass der Küchenstuhl nach hinten wegkippt.

Das Heft! Er hat doch alles in dieses Heft geschrieben, alle wichtigen Namen und Wörter. Wo hat er es hingelegt? Er schiebt das schmutzige Geschirr neben dem Spülbecken zusammen, zieht die Drehtür mit den Töpfen auf, öffnet die Schublade darüber.

Er sucht etwas. Was sucht er?

In der Schublade liegen Briefe. Er nimmt sie heraus. Stadtwerke. Telekom. Concordia Versicherungen. Alle ungeöffnet.

Concordia Versicherungen, das ist doch wichtig. Die schreiben doch sicher wegen dem Schulunfall von Martin.

Er reißt das Papier auf. Da steht: Auszahlung der Lebensversicherung im Todesfall Frau Gisela Petzold, geborene Kruse. Er lässt die Hand mit dem Blatt sinken.

Ach ja, die Lebensversicherung. Gisela ist tot.

Er legt das Papier, den zerrissenen Umschlag und die ungeöffneten Briefe zurück in die Schublade. Lange steht er regungslos da. Dann hebt er den Kopf und sieht auf die Uhr. Gleich sechs.

Morgens oder abends?

Er sieht zum Küchentisch. Da liegt die Zeitung, eine Tasse Kaffee steht daneben.

Morgens. Die Zeitung. Hermann Schupka ist gestorben.

Er schlurft zum Tisch zurück.

Wieso liegt der Stuhl auf dem Boden?

Er bückt sich, hebt ihn auf. Der Bademantel rutscht von der linken Schulter. Das gerippte Unterhemd darunter ist fleckig, die Unterhose im Schritt gelb.

Der Schupka ist lange sein Nachbar gewesen, damals in der Friedrichstraße. Der hatte sieben Kinder, wie die Orgelpfeifen. Nein. Nein, das war nicht der Schupka. Der Schupka war nicht alt geworden. Und der Lohmeier war auch nicht mehr.

Er blättert weiter in der Zeitung und findet die Seite mit den Todesanzeigen.

Wo hat das von dem Schupka gestanden? Gerade hat er es doch noch gelesen.

Er zieht die unhandlich großen Seiten glatt. Die ganz große Anzeige ist von einer Firma: Hellmuth Gatter, Mitglied des Aufsichtsrates. Er starrt zum Fenster hinaus.

Schallenberg. Er ist immer bei Schallenberg gewesen. Vierzig Jahre lang. »Schuster, bleib bei deinem Leisten.« Das hatte der Lohmeier gesagt. Der Lohmeier war schon tot. Gisela auch. Und Dressler. Der war gefallen. Im Krieg. Genau wie Schupka. Im Schützengraben hat es den zerrissen. Nein, nicht Schupka. Umlander. Fähnrich Peter Umlander. Das ganze Blut von dem war ihm auf die Jacke und ins Gesicht gespritzt. Alles rot. Der war Glasbläser gewesen, der Umlander. »Schuster, bleib bei deinem Leisten.«

Es schellt. Karl Petzold zuckt zusammen, lauscht. Wieder schrillt die Klingel. Er schlurft mit kleinen Schritten zur Wohnungstür und öffnet. Ein Mann und eine Frau stehen vor der Tür.

Martin. Das ist Martin. Aber wer ist die Frau?

»Deine Mutter ist nicht da«, sagt er und geht mit kleinen Trippelschritten zurück in die Küche. Martin setzt sich ihm gegenüber. Die Frau lehnt sich an den Kühlschrank.

»Vater, Mutter ist vor einem Jahr gestorben. Kannst du dich erinnern?«

Ach ja. All die Blumen in der roten Kapelle. Lilien. Lilien hat sie nicht gemocht.

»Natürlich weiß ich das«, blafft er seinen Sohn an. »Der Schupka ist auch tot«, fügt er leiser hinzu.

»Ich weiß, Vater«, sagt Martin ruhig. »Weißt du noch, wann er gestorben ist?«

Karl Petzold wird ärgerlich. »Natürlich weiß ich das. Steht doch in der Zeitung.«

Martin wechselt mit der Frau einen Blick. Dann sagt er: »Vater, Hermann Schupka ist schon seit zwanzig Jahren tot. Die Schupkas waren unsere Nachbarn, erinnerst du dich?«

Petzold schlägt mit der Faust auf den Tisch. »Das weiß ich doch!«, brüllt er seinen Sohn an. »Der wollte nach Hause. Der war Glasbläser. All das Blut in diesem Erdloch.«

Sein Sohn schüttelt den Kopf. »Schupka hat sich erhängt, Vater. Erinnerst du dich? Der Stadtrat hatte die Umgehungsstraße durchgesetzt. Die Häuser wurden abgerissen. Der Schupka war alt. Der wollte nicht mehr weg.«

Ach ja, genau. Der wollte nicht weg.

Und dann fällt alles wieder zurück in den See, in dem er seit Stunden angelt. Er legt die Hände in den Schoß und senkt den Kopf.

Schupka steht in dem Buch für wichtige Namen und wichtige Wörter. Der wollte nicht weg. Gisela. Die hat er auch gekannt. Die hatte einen roten Mantel getragen, und der hatte zu ihrem roten Mund gepasst.

Die Frau geht aus der Küche, und Martin fragt: »Vater, du weißt, was wir beim letzten Mal verabredet haben?«

Der Alte sieht auf. »Natürlich«, brummt er trotzig.

Was meint der?

»Gut.« Der Sohn steht auf. »Dann solltest du dich jetzt anziehen. Simone packt schon ein paar Sachen zusammen.«

Anziehen. Simone.

Die Frau kommt zurück in die Küche. Sie hat einen Koffer in der Hand, über dem Arm trägt sie Kleidungsstücke.

Martin fasst ihn am Arm. »Komm, Vater, ich helfe dir.«

Dann steht er im Badezimmer, auf das Waschbecken gestützt, und sieht in den Spiegel. Sein Sohn wäscht ihn, hilft ihm in die Hose, knöpft sein Hemd zu, kniet vor ihm und bindet seine Schuhe.

Karl Petzold sieht ihm verwundert zu. »Gehen wir zum Friedhof?«

Sein Sohn blickt auf. »Vater, das haben wir doch beim letzten Mal besprochen. Du kannst hier nicht mehr bleiben. Du brauchst Menschen um dich herum, die sich um dich kümmern.«

Friedhof. Da war was. Der Umlander hat kein Grab.

»Wohin gehen wir?« Petzold spürt plötzlich Angst. Sein Herz hämmert wild.

»Das haben wir doch besprochen, Vater. Du bekommst ein schönes Zimmer ganz für dich allein. Deinen Sessel nehmen wir auch mit.«

Sessel. Welchen Sessel?

»Ich brauch keinen Sessel«, schimpft er los, und sein Herz hämmert weiter.

Der Schupka wollte nicht weg. Schupka, bleib bei deinem Leisten.

Er stößt den Sohn von sich und läuft in den Flur. Dann bleibt er stehen. Für einen Augenblick ist wieder alles grau. Er sieht an sich hinunter.

Zum Friedhof. Gisela steht in dem Buch mit den wichtigen Namen.

»Nicht so eilig«, sagt sein Sohn, »wir kommen schließlich auch noch mit.« Er steht hinter ihm und trägt einen Sessel.

Warum nimmt er einen Sessel mit zum Friedhof?

Glück hat einen langsamen Takt

Es ist nur ein Atemzug, der zwischen Vergangenheit und Zukunft liegt. Nur ein Atemzug. Mehr ist es nie.

Es war ein Donnerstag, als der Pilot um 7.30 Uhr das Cockpit der Boeing 737 betrat und ihm ein leicht beißender Geruch in die Nase stieg. Der Wartungsdienst stellte einen Kabelbrand fest. Auf der elektronischen Anzeige in der Abflughalle erschien der Hinweis, dass sich der Flug nach Brüssel um eine Stunde verschieben würde.

Simon Fechter betrat zur selben Zeit die Abflughalle. Er hatte nur Handgepäck dabei und druckte sich an einem der Automaten seine Bordkarte aus. Sein Termin in Brüssel würde nur einige Stunden dauern, und er hatte vor, am späten Nachmittag zurückzufliegen.

Es war Ferienzeit. An den Gepäckannahmen in Richtung Süden und Übersee hatten sich lange Schlangen gebildet. Stimmengewirr füllte die Halle mit fiebriger Erwartung. Ungeduldiges Scharren und Schieben. Jacken wurden abgelegt, Hemdärmel aufgerollt, Reiseunterlagen studiert, Rollkoffer und Gepäckwagen Meter für Meter vorgeschoben.

An der Personenkontrolle musste er lange anstehen und befürchtete schon, seinen Flug zu verpassen, aber als er am Gate ankam, erschien auf der Anzeige der Hinweis, dass sein Flug eine Stunde Verspätung haben würde.

Er ging hinüber zu dem kleinen Bistro und bestellte Kaffee. In drei Stunden musste er in Brüssel sein. Wichtige Termine! Noch könnte er es schaffen.

Der Gong ertönte im beruhigenden Dreiklang. »Der Flug 4331 nach Brüssel hat sechzig Minuten Verspätung. Vielen Dank für Ihr Verständnis.«

Er sah zu, wie andere Passagiere auf und ab gingen, Handys

aus Taschen zogen, Firmen, Ehefrauen und Geschäftspartner informierten, Termine verschoben oder absagten. Dann eilten einige in Richtung Ausgang, andere holten ihre Notebooks oder Unterlagen hervor.

Simon setzte sich auf eine der ordentlich aneinandergereihten mattweißen Plastiksitzschalen in der Halle.

Er sah ihn nicht. Er *roch* ihn.

Es ist der Geruch, der einen erinnert. Nicht die Bilder oder Geräusche, nicht die Gesichter und Landschaften, nein, einzig der Geruch bringt alles Gesehene und Gehörte zurück. Und das war eindeutig *sein* Geruch.

Simon hielt den Kopf gesenkt, wagte es nicht aufzublicken.

Dann stellten sich die vertrauten Bilder ein. Das kantige, braun gebrannte Gesicht. Die warmen, dunklen Augen mit Lachspinnweben. Die großen, kräftigen Hände, in denen seine Hand wie die eines Kindes ausgesehen hatte. Das schwarze, dichte Haar, das nach allen Seiten abstand. Karl!

Er meinte, die tiefe Stimme zu hören, die Karl so spärlich benutzt hatte.

Für einen Augenblick war er versucht, sich umzudrehen und ihn anzusprechen.

Aber nein! Die Zeit dazwischen war zu mächtig. Er konnte ihm nicht unbeschwert Hallo sagen. Er fürchtete die Ruhe in seinen Augen. Diese Ruhe, die er vor über fünfzehn Jahren so geliebt hatte, jetzt fürchtete er sie. Und was sollte er auch sagen? »Ich bin den Weg gegangen, der mir leichter schien? Ich habe geheiratet? Ich habe einen Sohn, ein Haus, einen Garten? Ich habe keinen Baum gepflanzt.«

Der Geruch war jetzt nur noch Ahnung, und er wünschte, Karl würde noch einmal in unmittelbarer Nähe vorübergehen. Und so wie damals sehnte er sich plötzlich wieder nach dieser Verlässlichkeit. Der Ruhe, in der er einen inneren Takt gefunden hatte. Einen Takt, mit dem er Schritt halten konnte, ohne außer Atem zu geraten.

Die Begegnung mit Karl hatte keine Worte gebraucht, nur stilles Einvernehmen. Der Taumel, den sein uneingeschränktes Ja in ihm hervorgerufen hatte, ließ ihn sagen: »Ich liebe dich.«

Eine Wahrheit des Augenblicks. Eine Wahrheit ohne Zukunft.

Die Tage waren ein ruhiges Dahintreiben. Die Zeit schien mit behäbigem Gleichmut über die Erde zu gehen. Die Nächte waren von einer Körperlichkeit, die zu bersten schien, sobald Karls Haut die seine berührte. Es gab Augenblicke, in denen er dachte: Es ist nur die Haut, seine und meine, die zwischen uns steht, die uns trennt.

Morgens verließ Karl ihn mit dem gleichen Blick, mit dem er abends das Haus betrat. Dieser Blick, der nur ihm gehörte, der nie zweifelte, der nie plante, der sich nie verlor.

Er war jung gewesen, zwölf Jahre jünger als Karl, und er hatte – so schien es ihm – noch tausend Jahre Zukunft vor sich. Und Angst! Angst vor tausend Jahren Verachtung und Verstecken.

»Das Wirtschaftsstudium zu Ende bringen, und dann? Was dann?«

»Du verlässt mich«, hatte Karl gesagt und ihn mit seinen ruhigen Augen angesehen, »in deinen Gedanken übst du es bereits.«

Simon hatte wortreich geleugnet, doch er hatte geahnt, dass Karl recht hatte.

Nach und nach entfernten sie sich voneinander. Karl blieb den Augenblicken treu, und er, Simon, schaute in die Zukunft, plante seine Ziele und verlor ihn aus den Augen.

Der Tag, an dem er ging, ist ihm noch im Gedächtnis. Karl hatte ihm geholfen, seine Habe im Auto zu verstauen.

»Sehen wir uns?«, hatte er ihn gefragt.

Karl hatte lächelnd genickt. »Wenn du zurück bist aus der Zukunft.«

Sie hatten sich nicht wiedergesehen.

Er hatte etwas aus sich machen wollen, hatte sich Ziele gesetzt und war Kompromisse eingegangen. Er hatte Karriere gemacht, war verheiratet und bewohnte ein hübsches Haus am Stadtrand. Zuerst kletterte er bei einer Versicherung in die oberen Etagen auf, dann wurde er von Backs International abgeworben, wo er es bis zum Chefeinkäufer für Europa brachte.

Auf seinen Reisen hatte er an entlegenen Orten manchmal die Nähe eines Mannes gesucht. Heimlich und ohne Morgen.

Wieder ertönten der melodische Gong und die freundliche Stimme aus dem Off. »Letzter Aufruf für Flug 4331 nach Brüssel. Herr Simon Fechter, bitte begeben Sie sich zum Ausgang zwölf.«

Der Geruch war verflogen. Unschlüssig saß er da. Mit der linken Hand umklammerte er den Griff des Aktenkoffers.

Wo waren die tausend Jahre Zukunft geblieben? Die Tage schienen immer kürzer zu werden, je älter er wurde. Die Wochen flogen an ihm vorbei, ohne ihn zu berühren, stapelten sich zu Monaten und Jahren. Und er? Es war, als würde er auf etwas warten, als habe er all die Jahre auf etwas gewartet.

Er stand auf, durchquerte die Abflughalle und stellte sich ans Panoramafenster. Für einen Augenblick schloss er die Augen.

Warten!

Die Stimme aus dem Off versuchte es noch einmal.

»Letzter Aufruf für Herrn Simon Fechter. Bitte begeben Sie sich zum Ausgang zwölf.«

Er lehnte die Stirn an die kühle Scheibe und sah zu, wie die Gangway eingefahren wurde. Die Einstiegsluke schloss sich. Langsam drehte das Flugzeug und rollte in Richtung Startbahn.

Geben und nehmen

Bastian zieht den Ärmel seines Pullovers hoch und blickt auf die Armbanduhr. 17.45 Uhr.

Den Regen ignorierend, hinkt er durch die Bielefelder Altstadt. Die Obernstraße hinauf, nimmt er den schmalen Tunnel an der Jodokuskirche und erreicht den Klosterplatz. Die Rechtsanwaltskanzlei Wagenbach liegt auf der anderen Seite des Platzes, eingezwängt zwischen einem neonhellen Lokal und einem Kosmetikstudio. Wie jeden Abend verlässt Arden Wagenbach sein Büro um achtzehn Uhr. Er bleibt einen Augenblick in der Tür stehen, öffnet seinen Regenschirm und geht dann mit eiligen Schritten über den Platz.

Bastian stellt sich in den Schatten der Kirche. Die frühe Winterdunkelheit verschluckt seine Gestalt. Er ist gut drei Meter entfernt, als er den Mann anspricht.

»Arden!«

Der fährt erschrocken herum, scheint den Regenschirm fester zu umfassen. Dann geht ein Ruck durch seinen Körper, und er trägt die alte, steife Selbstgefälligkeit zur Schau.

»Bastian! Sieh an, sieh an.«

Der Regen fällt senkrecht. Schwere Tropfen klatschen auf den menschenleeren Platz.

Bastian drückt auf den kleinen Knopf des Springmessers. Die Klinge springt lautlos hervor.

Ardens Augen weiten sich. Er hebt beschwörend die linke Hand, während die rechte den Regenschirm fallen lässt.

»Nein, hör mal …«

Drei Mal sticht er zu. Arden taumelt gegen die Kirchenmauer und sackt an einem der mächtigen Strebepfeiler zu Boden. Mit einem Taschentuch wischt Bastian die Klinge ab und steckt das Messer in die Jacke. Am Ende des schmalen Durchgangs zwischen Klosterplatz und Obernstraße sieht er die Straßenlaternen und Schaufensterbeleuchtungen der Fußgängerzone. In den Lichtern, die sich auf dem nassen Pflaster spiegeln, geht er, das rechte Bein hinter sich herziehend, zum Alten Markt. Menschen hasten mit hochgeschlagenen Kragen durch den nasskalten Abend.

Der Platz hat sich verändert.

Im Erdgeschoss des Eckhauses befindet sich jetzt ein Coffeeshop. Verlassen stehen kleine Tische und Stühle mit hellbraunem Kunststoffgeflecht im Regen.

Bastian schluckt. Hier ist die Zeit ohne ihn vorangegangen. Sieben Sommer, sieben Winter.

Er hinkt über den Marktplatz mit dem kleinen Theater, der Marktapotheke und dem Bankhaus hinter restaurierten, jahrhundertealten Fassaden. Neben dem Juweliergeschäft entdeckt er ein neues Lokal. Damals war dort eine Buchhandlung. Eine alte, überladene Buchhandlung mit einem gut sortierten Antiquariat. Wenn man die Tür öffnete, läutete ein feines Glöckchen. Zwischen all den Büchern und dem alten Mann, der seine Schätze hegte und pflegte, hatte er hier so manche Stunde verbracht.

Bastian betritt das Lokal, findet einen freien Tisch am Fenster, zieht seine durchnässte Jacke aus und bestellt einen Cappuccino.

Dort drüben haben sie gewohnt, im dritten Stock über dem Coffeeshop, der früher ein Bekleidungsgeschäft war. Irgendein angesagtes Label für junge Mädchen. Er hat den Namen vergessen.

Von oben hatten sie einen schönen Blick auf den Platz. In der Mitte stand damals ein anderer Brunnen. Der fliegende Merkur schwebte über einem ovalen Becken.

Der neue Brunnen ist schlicht. Edel, rund und schlicht. Auch das Pflaster scheint ihm neu. Er erinnert sich an gesprungene Betonplatten, ausgebessert mit Teer.

Sie kamen beide aus dem Ruhrgebiet. Er aus Essen, sie aus Duisburg. Im Studentenwohnheim wohnten sie Tür an Tür. Mara war eine kleine, zierliche Schönheit, und er traute sich nicht, sie anzusprechen. Also ergriff sie die Initiative und stand eines Morgens mit einem Frühstückstablett vor seiner Tür.

Er weiß es noch wie gestern. »Wenn du mich nicht leiden magst, dann kannst du es jetzt sagen. Wenn doch, lass mich rein!« Er war so verdattert gewesen, dass ihm sein Glück erst Stunden später klar wurde. Mara, hinter der die halbe Uni her war, hatte ihn gewollt.

Nach einem Jahr zogen sie zusammen hierher.

Er sieht hinauf zu den Fenstern im dritten Stock.

Mara hatte damals aus Reststoffen Vorhänge genäht. Blauer, leichter Stoff. Der kleinste Luftzug wehte sie sanft ins Zimmer, blähte sie wie Segel auf einem imaginären Schiff.

Diese ersten Tage!

Sie hatte den schweren Holztisch in die Mitte des Zimmers geschoben, unter die nackte Glühbirne, die erste und einzige Lichtquelle im Raum. Dort saß sie dann, tief über ihre Näharbeit gebeugt. Es war schon spät. Mit einem milden Abend hatte sich ein warmer Maitag verabschiedet und ihnen eine sternenklare Nacht geschenkt. Er hatte das Fenster geöffnet, lehnte am Rahmen und sah ihr zu. Ihr langes weizenfarbenes Haar war zu einem Zopf zusammengebunden. Eine Strähne hatte sich gelöst. In gleichmäßigen Abständen unterbrach sie das Sirren der Maschine und schob das lose Haar immer wieder hinter das linke Ohr. Es kam ihm vor wie Musik, wie ein Tanz. Der rasende Takt der Nähmaschine, der bedächtige Rhythmus der zurückschiebenden Hand.

Sie hatten die Abende jenes Sommers durch die weit geöffneten Fenster in ihre Wohnung gelassen. Die Stimmen der späten Weinstubengäste auf dem Platz. Das Rufen und Lachen vorbeiziehender Menschen, manchmal auch das Johlen der Fußballfans.

Oft saßen sie auf der breiten Fensterbank und kommentierten das Treiben auf dem Platz. Sie gaben den Menschen, die regelmäßig auftauchten, erfundene Namen und dichteten ihnen Geschichten an. An den »Inspizienten« kann er sich erinnern. Den Namen hatte Mara gewählt. Jeden Morgen ging der Inspizient, aufs Feinste herausgeputzt, über den Platz und stellte sich an den Brunnen. Er beschwerte sich über Werbereiter, die nicht dicht genug an den Geschäften standen, schimpfte mit Lkw-Fahrern, die nicht pünktlich aus der Fußgängerzone verschwanden, und erklärte jungen Müttern, dass der Brunnen kein Planschbecken für ihre Kinder sei.

Wenn es zwölf schlug, zog er gewichtig seine Taschenuhr hervor und kontrollierte, ob der Glockenschlag korrekt erfolgte. Manchmal schüttelte er resigniert den Kopf. Dann gluckste Mara vor Vergnügen: »Oh, verdammt, die Turmuhr geht wieder falsch. Das wird ein Nachspiel haben!«

Abends las sie ihm oft vor.

Die Geschichten hat er lange vergessen, aber ihre sanfte Altstimme kann er bis heute hören. Sie schwebte über den Platz, begleitet vom gleichmäßigen Plätschern des Brunnens. Manchmal schlief er ein, weil er in seinem jugendlichen Übermut glaubte, er könne ihr noch hundert Jahre zuhören.

Sie lebten bescheiden, aber die Wohnung war teuer, und regelmäßig, ab dem Fünfzehnten des Monats, ging ihnen das Geld aus.

Er trinkt von dem Cappuccino, der nur noch lauwarm ist. Sein Bein schmerzt. Es schmerzt immer, wenn die Tage regnerisch sind. Es schmerzt immer, wenn er an sie denkt.

Begonnen hatte alles an einem Freitag vor neun Jahren. Ein kühler, klarer Herbsttag, an dem das Laub unter einem strahlend blauen Himmel zu lodern schien.

Er hatte mit Mara in der Uni-Cafeteria gegessen. Sie hatte nur eine halbe Stunde Zeit gehabt, war aufgesprungen und eilig in die nächste Vorlesung gelaufen. Er war mit einem Kaffee und der Tageszeitung geblieben. Am Nebentisch saß eine Gruppe von Studenten, die sich lautstark amüsierte. Er sah, wie sie Mara bewundernde Blicke nachwarfen, und beugte sich stolz lächelnd über seine Zeitung.

Arden stand plötzlich am Tisch. Unter einem braunen Jackett mit Ledereinsätzen an den Ellenbogen trug er einen schwarzen Rollkragenpullover. Er wirkte unscheinbar, aber in seinem Blick lag eine Vermessenheit, die ihn, Bastian, irritierte.

Er wollte sich gerade abwenden, als Arden ihn ansprach. Auf eine steife, fast feierliche Art hielt er ihm die Hand hin und stellte sich vor.

»Arden«, sagte er. »Arden Wagenbach.« Dabei deutete er eine hölzerne Verbeugung an.

Er blieb sitzen. »Bastian«, erwiderte er.

Die Studenten am Nachbartisch sahen herüber und lachten.

»Es ist mir ein Vergnügen, dich kennenzulernen«, sagte Arden. »Ich widme mich der Juristerei. Und welcher Fakultät gibst du den Vorzug?«

Wieder hörte Bastian das Lachen vom Nachbartisch.

»Soziologie«, antwortete er kurz angebunden, in der Hoffnung, ihn dann los zu sein.

»Oh, einer, der sich die Welt anhand von Statistiken erklären möchte. Interessant!« Arden setzte sich unaufgefordert an den Tisch und fing einen Diskurs über Sinn und Unsinn solcher »Pseudowissenschaften«, wie er sie nannte, an.

Rede und Gegenrede lösten sich ab, und als in der Cafeteria der Feierabend vorbereitet wurde, lud Arden ihn in ein Restaurant ein und übernahm mit großer Geste die Rechnung.

Arden nannte das Leben ein großes Spiel. Er beklagte den Glauben an Sitte und Moral, Gesetz und Ordnung. »Von Menschen erfundene Gebote, die unsere wahren Möglichkeiten und Fähigkeiten behindern. Ein freier Geist«, dozierte er, »muss sich darüber hinwegsetzen, muss sich nehmen, was immer er haben will.«

Zwei Tage später nahm Bastian Arden mit nach Hause und stellte ihn Mara vor. Sie saßen zusammen in der Küche, tranken Bier und redeten. Draußen pfiff ein kalter Herbststurm über den Platz und rüttelte an den Fenstern.

Wieder sprach Arden vom großen Spiel, von der Freiheit, die Regeln selber zu gestalten.

Bastian saß auf der Arbeitsfläche hinter ihm und untermalte Ardens Vortrag mit wichtigtuerischen Grimassen.

Mara konnte sich kaum zusammenreißen vor Vergnügen. Nachdem sie ihm eine ganze Weile zugehört hatte, konfrontierte sie Arden auf ihre pragmatische Art mit ihrer finanziellen Situation. »Das ist ja theoretisch ganz nett«, sagte sie, »aber so kann man nur reden, wenn man sich seinen Lebensunterhalt nicht selber verdienen muss. Die Realität erfordert, dass man Kompromisse eingeht.«

Arden entgegnete großspurig, dass man sich über Geld keine Gedanken machen solle, denn es sei lediglich Mittel zum Zweck.

Mara prustete und rief übermütig: »Na prima, dann könntest du uns von diesem Mittel vielleicht hundert Euro für unsere Stromrechnung zur Verfügung stellen!«

Sie lachten. Arden zog sein Portemonnaie hervor und legte hundert Euro auf den Tisch.

Mara wurde verlegen. »Komm, das war doch nur ein Scherz«, wehrte sie ab und schob ihm das Geld zurück.

Es ging noch eine Zeit lang hin und her, aber dann nahmen sie es doch.

Bald saß Arden meistens schon am Küchentisch, wenn Bastian aus der Uni kam. Arden füllte den Kühlschrank, lud sie in Restaurants, Discos und Kneipen ein. Als die Waschmaschine kaputt war, bezahlte Arden die Reparatur.

Damals schon spürte Bastian ihn manchmal, den feinen Stachel der Eifersucht. Aber Mara küsste ihm lachend die Sorgenfalten von der Stirn.

Immer häufiger blieb Arden über Nacht, und es dauerte nicht lange, da hatte sein Rasierapparat einen festen Platz im Badezimmer, und in der Schmutzwäsche lagen seine Unterhosen und T-Shirts. Nach zwei Monaten besaß er einen Wohnungsschlüssel und ein Bett im Arbeitszimmer.

Es kam zum ersten großen Streit zwischen Bastian und Mara. Ardens ständige Anwesenheit wurde ihm zu viel, aber sie nannte ihn einen Spielverderber.

»Komm, Basti«, sagte sie, »das ist jetzt eine gute Zeit. Wir haben Glück! Warum sollten wir das nicht mitnehmen?« Und dann lachte sie. »Du bist doch nicht etwa eifersüchtig?«

Er dementierte mit wegwerfender Handbewegung. Und noch während er das tat, begann sein Herz zu rasen. Die lauernde Angst, sie zu verlieren, die er seit Wochen verleugnete, spürte er wie einen plötzlichen Kälteeinbruch.

Er überlegte, Arden rauszuschmeißen. Aber dann rechnete er. Arden zahlte ganz selbstverständlich die Hälfte der Miete. Wenn er ginge, hätten sie wieder ihre alten Geldsorgen, und Mara würde ihn dafür verantwortlich machen.

Er schämte sich für diese Gedanken. Ganz besonders für den letzten Teil. So war sie nicht! Es war seine Eifersucht, seine Schwäche, die ihn so denken ließ.

Nachts zog Mara immer häufiger mit Arden allein durch Discos und Kneipen. Er blieb zu Hause. Immer öfter trug sie neue, teure Markenkleidung, schminkte sich und ging auf hochhackigen Schuhen aus dem Haus.

Eines Nachts sprach er sie unter einem Vorwand darauf an.

»Mir wird das zu eng, Mara. Ich brauche das Arbeitszimmer, um in Ruhe an meiner Diplomarbeit zu schreiben.«

Sie drehte sich zu ihm und streichelte sein Gesicht. »Ach komm, Basti, sei nicht so spießig«, sagte sie. »Wenn du mich wirklich liebst, kannst du mir das bisschen Spaß doch wohl gönnen.« Dann schmiegte sie sich an ihn, und sie liebten sich. Er kam sich kleinlich vor. Misstrauisch und kleinlich.

Am Abend des 16. Dezembers – er stand mit Mara am Fenster und beobachtete das Gedränge an den Glühweinständen des Weihnachtsmarktes – kam Arden zu ihnen in die Küche.

»Heute ist ein guter Tag, um unsere Beziehung mal abschließend zu klären«, sagte er aus heiterem Himmel. Er wirkte angetrunken.

Mara lachte unsicher. »Hey, was ist denn mit dir los?«

Arden sah sie ganz ruhig an. »Ich will es mal so formulieren«, begann er auf seine dozierende Art. »Seit Monaten lebt ihr auf meine Kosten. Wie soll das weitergehen?«

Bastian erinnert sich an die Stille jenes Augenblicks wie an einen dünnen Faden. Einen Faden, der bis aufs Äußerste gespannt ist.

Maras Lächeln gefror. »Was soll das, Arden? Wir haben dich nie darum gebeten!«

Er lehnte sich lässig an den Türrahmen, verschränkte die Arme und sah Mara mit unverhohlener Verachtung an.

»Ich kann mich nicht erinnern, dass du jemals etwas abgelehnt hättest, meine Liebe!«

Mara setzte sich ganz langsam auf einen der Stühle und starrte ihn an. Die Panik in ihren Augen schmerzte Bastian. Sie blickte ihn Hilfe suchend an, und für einen Augenblick war er froh. Für einen Augenblick dachte er, jetzt würde Arden endlich aus ihrem Leben verschwinden.

Er packte ihn an den Schultern und schüttelte ihn.

»Verpiss dich, hörst du? Nimm alles mit, was dir gehört, aber hau endlich ab!« Mit jedem Wort wurde er lauter. Mit jedem Wort spürte er, wie lange er das schon hatte sagen wollen.

Arden machte sich los, ging zum Kühlschrank und nahm sich ein Bier.

»Ich will mit dir ficken«, sagte er zu Mara und tat so, als wäre Bastian gar nicht anwesend. Er stellte das Bier auf den

Tisch. An der Wohnungstür drehte er sich noch einmal lächelnd um. »Ich erwarte dich in einer halben Stunde in der Brasserie!« Dann fiel die Tür ins Schloss.

Mara saß zusammengesunken da und starrte auf den Tisch. Sie sah ihn nicht an.

Wann hatte er es verstanden?

Als sie seinem Blick ausgewichen war? Als sie nach Ardens Bier gegriffen und davon getrunken hatte? Als sie aufgestanden war?

»Mara!«, hatte er gebrüllt. »Mara, was tust du?«

Er spürte den Verlust augenblicklich. So stechend, dass ihm Tränen über das Gesicht liefen. Ein Hämmern in seinem Kopf erschlug jeden klaren Gedanken schon im Ansatz.

Die Restbilder jenes Abends liegen im Nebel.

Obwohl die Fenster geschlossen waren, nahm er Glühwein- und Bratgerüche und den süßen Duft von gebrannten Mandeln wahr. Er hörte Stimmengewirr und einen Straßenmusikanten, der »O Tannenbaum« verjazzt auf einem Saxofon spielte.

Warum erinnert man sich an derart unwichtige Dinge so genau?

Er hatte sie am Arm festgehalten. Sie schrie: »Es ist alles deine Schuld! Du hast ihn doch hergebracht!«

Er hörte ihre Sätze nicht, er spürte sie. Er spürte sie wie grobe Schläge, tief in den Unterleib. Ihm wurde schwindlig.

Bastian winkt der Kellnerin und bestellt einen weiteren Cappuccino, will noch ein wenig Zeit an diesem Fenster verbringen. Das Lokal hat sich inzwischen gefüllt. Die Ausdünstungen feuchter Mäntel vermischen sich mit Kaffeeduft. Die Geschäfte sind jetzt geschlossen.

Was sie ihm vorwarf, war ihm nicht falsch vorgekommen. Und weil es nicht falsch war, war es ihm unerträglich. Zornig packte er sie und brüllte: »Das ist billig, Mara. Du warst doch ständig mit ihm unterwegs!«

Sie atmete tief durch und erwiderte ganz ruhig: »Lass mich los!«

Es war ihre Stimme. Diese schwebende Altstimme, mit der sie ihm in einem anderen Leben vorgelesen hatte und die in seinem Kopf diese vergessenen, friedlichen Bilder wachrief.

Bilder, die er nicht ansehen konnte. Bilder, die verloren waren.

Er schüttelte sie und schrie, sie solle aufhören damit. Er liebe sie doch.

Sie stieß ihn von sich und kreischte: »Geh endlich! Hau ab aus meinem Leben!« Ein Klirren wie dünnwandiges Glas, das vor seinen Füßen zerschellte.

Er schlug ihr ins Gesicht. Erschrocken hielt sie sich die Wange und ging auf die Tür zu.

Was dann passierte, weiß er nur noch in Teilstücken.

Er konnte nichts anderes denken als: Sie verlässt mich!

Unerträgliche Bilder schossen ihm durch den Kopf. Bilder, die er selber erschuf. Mara, mit Arden allein in dieser Wohnung. Helle Sommertage am Fenster. Eng umschlungene Nächte.

Arden, so schien es ihm, hatte sein Leben gekauft. Aber daher rührte der Schmerz nicht. Mit plötzlicher Gewissheit blieb nur ein Gedanke zurück: Er, Bastian, hatte es ihm verkauft!

Er riss sie von der Tür zurück und schleuderte sie gegen die Wand. Sie schrie und wehrte sich, versuchte immer wieder, bis zur Tür zu kommen. Als ihr das nicht gelang, griff sie die Stehlampe und schlug ihm den schweren Eisenfuß gegen das Schienbein. Er hörte, wie der Knochen brach.

Mara drehte sich weg, öffnete das Fenster und rief über die Köpfe Hunderter von Menschen hinweg um Hilfe.

Sein Anwalt hatte in seinem Plädoyer behauptet, der Schmerz habe ihn, Bastian, rasend gemacht. Aber das stimmte nicht. Er hatte sein Bein überhaupt nicht gespürt.

Die Erinnerung liegt in seinen Händen. Den Wollstoff ihrer Jacke spürt er bis heute. Die Erinnerung liegt in seinen Ohren.

An das Aufschlagen ihres Körpers auf dem Pflaster kann er sich erinnern und für den Bruchteil einer Sekunde an eine Stille, die alles zu besiegeln schien. Dann erst drangen die Schreie der Weihnachtsmarktbesucher zu ihm hinauf.

Arden war nicht zur Verhandlung erschienen. Seine Eltern hatten hochkarätige Anwälte ins Feld geschickt, die seine Stellungnahmen verlasen. Er habe sich dem Jurastudium gewidmet. Alles andere seien alberne Unterstellungen. Mara habe ihn geliebt. Eine Liebe, die er nicht erwidert habe. An jenem Abend habe sie Bastian mitgeteilt, dass sie ihn verlassen wolle. Ein Schritt, von dem er ihr dringend abgeraten habe.

Sieben Jahre hatte Bastian bekommen. »Glück gehabt!«, sagte sein Anwalt.

Und dann hatte Arden ihn besucht. Drei Monate nach dem Prozess hatte er ihn im Gefängnis besucht.

»Eine Wette«, sagte er. »Die Geschichte hat jetzt tragisch geendet, was nicht in meiner Absicht lag, aber ich habe gewonnen. So oder so!« Er beugte sich über den Tisch und flüsterte: »Mara hat sich für mich entschieden, denn sonst hättest du sie nicht aus dem Fenster gestoßen. Stimmt's?« Ob er sich erinnern könne an ihre erste Begegnung in der Uni? Ob er sich erinnern könne, dass die Studenten am Nachbartisch gelacht hatten? Mit ihnen habe er an jenem Nachmittag gewettet, dass er Mara kriegen könne. Es sei nur eine Laune des Augenblicks gewesen, und die Geschichte habe ihn weitaus mehr gekostet, als er dachte, aber er habe sich fair verhalten. Er habe Bastian von Anfang an seine Absichten mitgeteilt. Er habe doch gesagt, dass das Leben ein großes Spiel für ihn sei. Er habe doch deutlich gemacht, dass er sich über alles hinwegsetzen würde. Es sei seine, Bastians, Selbstgefälligkeit gewesen, die ihn nicht habe zuhören lassen.

Bastian winkt der Kellnerin und bezahlt die Rechnung. Das Aufstehen fällt ihm schwer. Ein stechender Schmerz jagt durch sein rechtes Bein, lässt ihn für einen Augenblick taumeln.

Der Regen hat nachgelassen. Gemächlich macht er sich auf den Weg, die Obernstraße hinauf in Richtung Klosterplatz.

Er sieht es schon aus der Ferne. Das Gelände ist weiträumig abgesperrt. Schaulustige haben sich zwischen Sparkasse und Torbogen versammelt.

Er geht auf einen der Streifenwagen zu, zieht das Messer hervor und hält es dem Polizisten hin.

Das vierte Gebot

»Name?«
»Christa Wittler.«
»Wohnhaft?«
»Erlenweg 33 in Nessdorf.«
»Geboren?«
»Ja.«

Das leise Klicken der Tastatur endet abrupt. Der Mann, der sich als Hauptkommissar Lessing vorgestellt hat und ihr Sohn sein könnte, sieht sie über den Rand des tragbaren Computers an. Ein kurzes, strafendes Schweigen.

»Witzig.« Sein Tonfall sagt: schon alt, diese Bemerkung. Langweilig.

»23. Juni 1955.«
»Geburtsort?«
»Nessdorf.«

Sie zischt die erste Silbe, macht dann das O rund und spuckt den Ort aus.

Unangemessen.

Sie weiß das.

Und der Raum tut das Übrige, wirft das Dorf von den nackten Wänden zurück auf den Tisch. Dieser graue Tisch, der nicht fortkann, dem sie die silbrigen Beine auf dem Boden festgeschraubt haben. Der unverrückbar ist, genau wie der Uniformierte an der Tür, den sie nicht sieht. Der in ihrem Nacken steht. Den sie atmen hört.

»Nun gut«, sagt Lessing, »dann erzählen Sie mal von Anfang an.«

Von Anfang an. Als wenn sie da nicht schon seit Ewigkeiten drüber nachgedacht hätte, über diesen Anfang. Aber gefunden hat sie ihn nicht.

Sie lacht auf.

Unheiter.

»Begonnen hat alles im Juni 1955«, sagt sie.

Ironisch soll es klingen, aber es gelingt nicht. Sie hört die Bitterkeit in ihrer Stimme selber.

Eigentlich ist die Antwort richtig. Eigentlich müsste sie damit beginnen.

1955 in diesem Zweihundert-Seelen-Dorf, und meine Mutter ... meine Mutter, die Tochter des Schreiners Wittler, bekommt mit siebzehn ein uneheliches Kind. 1955! *Haben Sie eine Ahnung, was das damals bedeutete?*, müsste sie sagen.

Noch Jahre später haben die Oma und die Mutter in der Kirche auf Knien gelegen, haben Gott um Vergebung gebeten für diese Sünde. *Sünde war mein zweiter Vorname,* müsste sie sagen.

Christa Sünde Wittler.

Der Hauptkommissar wartet. Neben dem Computer liegen ein kleiner Block und ein Kugelschreiber. Er nimmt den Stift, klopft damit einen unregelmäßigen Rhythmus auf den Tisch.

Die Schulzeit vielleicht. Vielleicht hat da alles angefangen. Der Religionsunterricht, als Ruth dem Pastor sagte: »Die Christa darf aber nicht zur Kommunion gehen, die ist doch ein Bastard.«

»Gott ist gütig«, hatte Pastor Burger geantwortet und war puterrot geworden. »Gott nimmt auch ein Kind der Schuld in seine Gemeinschaft auf.« Und dabei hatte er sie so wohlwollend und fürsorglich angesehen, dass sie am liebsten auf das Pult gekotzt hätte. Zur Kommunion hatte er ihr dann ein Gebetbuch geschenkt. Nur ihr, dem Kind der Schuld. »Damit du weißt, dass auch du zu unserer Gemeinde gehörst«, hatte er salbungsvoll gesagt. Vorne in der Widmung stand etwas von der Mühsal des Lebens und sein Lieblingsgebot: Du sollst Vater und Mutter ehren, damit du lange lebest und es dir wohlergehe auf Erden.

»Vielleicht war das der Anfang vom Ende«, sagt sie leise.

»Was?« Lessing sieht sie an, als sei sie nicht bei Verstand.

»Mit fünfzehn bin ich fort«, sagt sie wie zu sich selbst. »In die Lehre. Eine Haushaltslehre in der Nähe von Düsseldorf. Bei den Meermanns. Ein großes Haus. Herr Meermann war Prokurist. Vier Kinder und ... und Frau Meermann ...« Sie bricht ab.

Was soll sie diesem Schnösel erzählen? Höchstens dreißig ist der, wahrscheinlich nicht mal. Vermutlich weiß der gar nicht, was eine Haushaltslehre ist.

Ist auch Unsinn. Mit den Meermanns hat es bestimmt nicht angefangen, damit nicht. Das war eine gute Zeit. Elisabeth, die älteste Tochter der Meermanns, war in ihrem Alter, und sie hatten sich angefreundet. Frau Meermann hatte sie manchmal beide mit in die Stadt genommen, in vornehme Konditoreien und schicke Eiscafés. Einmal hatte sie Bekannte auf der Straße getroffen und gesagt: »Das sind meine beiden Mädchen, Elisabeth und Christa.« Und dann hatte sie gelacht, sich zwischen sie gestellt und sie beide um die Hüften gefasst.

Aber vielleicht doch. Vielleicht war das doch der Anfang. Weil sie so glücklich gewesen war. So unbeschwert. Weil sie damals diese Lust gespürt hatte. Diese Lebenslust. Wenn die drei Jahre bei den Meermanns nicht gewesen wären, dann hätte es später dieses Loch in ihr nicht gegeben. Dieses Sehnen.

Sie hebt den Kopf und sieht Lessing trotzig an.

»Ich habe doch gestanden, was wollen Sie denn noch? Es gibt keinen Anfang. Es gibt eben nur dieses Ende.«

Lessing lehnt sich auf seinem Stuhl zurück.

»So einfach ist das nicht«, sagt er belehrend. »Es ist zu klären, ob Sie mit Vorsatz gehandelt haben.« Er betrachtet sie nachdenklich. »Ich meine ... haben Sie es geplant? Wann haben Sie zum ersten Mal darüber nachgedacht?«

»Ich bin nicht blöd«, sagt sie, und diesmal gelingt der ironische Unterton, »ich weiß, was ein Vorsatz ist.«

Kein Vorsatz, müsste sie sagen. Eher dieser berühmte Tropfen, der das Fass zum Überlaufen gebracht hat.

Zweimal dein Leben, Jüngelchen, könnte sie sagen, du hast keine Ahnung, wie viel Zeit das ist und wie die Jahre sich dahinschleppen, in Nessdorf, am gottesfürchtigen, hochanständigen Arsch der Welt.

Bei den Meermanns wäre sie gerne geblieben. Aber als ihre Ausbildung zu Ende war, kam die Mutter eigens angereist, um Frau Meermann zu erklären, dass sie die Tochter zu Hause brauchte. Diesen peinlichen Nachmittag hat sie bis heute nicht vergessen. »Gnädige Frau«, sagte die Mutter zu Frau Meermann. »Gnädige Frau, Christas Oma ist sehr krank und der Haushalt groß. Alleine ist das nicht zu schaffen. Sie verstehen das sicher, bei Ihnen ist das sicher auch so, sonst würden Sie die Christa ja nicht behalten wollen.«

Zum Abschied hatte Frau Meermann sie, Christa, in den Arm genommen und geflüstert: »Wenn es deiner Oma besser geht, kommst du ganz schnell zurück.«

Und dann dieses Heimkommen! Diese immer gleichen rosa- und orangefarbenen Geranien auf den Fensterbänken, das Gekreische der Kreissäge aus der Werkstatt und die Begrüßung der Oma: »Wolltest wohl in der Stadt bleiben und auf feine Dame machen, du undankbares Geschöpf. Hast wohl vergessen, dass du uns hier was schuldig bist.«

Sie sieht überrascht auf.

»Schuldig!« Sie ruft es fast triumphierend, beugt sich vor, klopft mit dem Knöchel des Zeigefingers an den Laptopdeckel. »Schreiben Sie auf, junger Mann. Schreiben Sie: Christa Wittler ist schuldig, war es immer und wird es immer sein.«

Lessing presst die Lippen zusammen. Dann sagt er: »Sie verbessern Ihre Situation mit Ihrem Verhalten nicht, Frau Wittler. Ganz im Gegenteil.«

Sie lehnt sich auf ihrem Stuhl zurück.

Sie haben ja keine Ahnung, könnte sie sagen, aber sie schweigt.

Zuerst war es die Großmutter. Sie hatte ein verkürztes Bein, und mit sechzig war ihre Hüfte von der ewigen Humpelei ruiniert. Zwei Jahre ging sie noch am Stock, und dann kam dieser Rollstuhl ins Haus. Dieser gottverdammte Rollstuhl. Den ganzen Tag saß sie in dem Ding und kommandierte. Das Haus war dreihundert Jahre alt, überall Stufen, und ständig rief sie: »Ich will ins Wohnzimmer. Ich will in die Küche. Ich will in den Garten.« Und immer war nicht gut, was sie vorfand, und dann keifte sie: »Auf der Anrichte liegt noch Staub ... Der Teppich ist nicht ordentlich geklopft ... Den Salat pflanzt man nicht neben die Zwiebeln ... Die Kartoffelschalen sind viel zu dick, das hast du wohl bei den feinen Leuten gelernt, diese Verschwendung.«

Ihr Schlafzimmer war im ersten Stock, und morgens trug sie, Christa, zusammen mit der Mutter die Alte die steile Treppe hinunter.

»Vorsatz«, sagt sie, »mehr als dreißig Jahre alter Vorsatz. Damals, auf der Treppe, habe ich so manches Mal gedacht, wenn ich jetzt stolpere, ausrutsche oder sie einfach fallen lasse ... Ich hab sie mir vom Hals gewünscht, verstehen Sie?«

Lessing zieht die Stirn in Falten. »Wen haben Sie sich vom Hals gewünscht?«

Alle, müsste sie sagen. Aber zuerst nur die Oma. Weil sie doch immer den Satz von der Frau Meermann im Ohr hatte: »Wenn es deiner Oma besser geht, kommst du ganz schnell zurück.«

Aber der ging es nicht besser, und da hatte sie gedacht: Zurück kann ich nur, wenn die nicht mehr ist.

Immer denkt man, danach wird es besser. Wird es aber nicht.

Von Matthias könnte sie noch erzählen. Der zweite Lichtblick in ihrem Leben. Sechsundzwanzig war sie, als der als Geselle in die Werkstatt kam. Er machte ihr den Hof. Nachdem er sie zur Kirmes in die Stadt eingeladen hatte, verging kein Tag, an dem sie zu Hause nicht zu hören bekam: »Der will nicht dich, der will die Werkstatt.«

Wenn man das tagein, tagaus zu hören bekommt, dann glaubt man es irgendwann, und dann sieht man alles, was er sagt, in diesem misstrauischen Licht. Jedes Kompliment hat dann diesen schalen Beigeschmack der Berechnung, lässt einen nicht lächeln, sondern zusammenzucken.

»Die haben mir nichts gegönnt, nicht das Schwarze unter den Fingernägeln!«

Lessing taxiert sie mit schmalen Augen.

»Frau Wittler, wenn Sie versuchen, mit diesem wirren Gerede auf unzurechnungsfähig zu machen … Damit kommen Sie nicht durch.« Für einen Moment ist sie erstaunt. Dann schnaubt sie ein kurzes, bitteres Lachen.

»Bin das eben nicht mehr gewohnt«, sagt sie, »das Reden.«

Der Matthias ist gegangen. Hat gefragt, ob sie mitkommt, und sie … sie war schon so vergiftet von all dem Gerede. Trotzdem hat sie drüber nachgedacht, und in ihrer Hilflosigkeit hat sie mit dem Pastor gesprochen. Dass man dankbar sein muss, hat der gesagt, dass man denen, die einen aufgezogen haben, etwas schuldig ist. Und zum Schluss sein Lieblingsgebot: Du sollst Vater und Mutter ehren, damit du lange lebest und es dir wohlergehe auf Erden.

Das frisst sich in einen rein, und dann meint man, wenn man jetzt geht, dann versündigt man sich, und dann kann da kein Glück draus werden. Nur Unglück.

»Gottes Zorn, verstehen Sie. Wenn man Mutter und Großmutter und Großvater nicht ehrt, dann kommt kein Himmelreich.«

Lessing presst die Lippen aufeinander, sieht sie strafend an.

»Frau Wittler«, beginnt er.

Sie lacht bitter auf.

»Ich war nie Frau Wittler, *Herr* Lessing. Ich war immer nur die Christa. Meine Oma war Frau Wittler, meine Mutter war Wittlers Gerda, und ich war die Christa. Christa, der Sündenfall.«

Die Oma ist damals tatsächlich die Treppe hinuntergefallen. Aber das sollte man jetzt besser nicht erwähnen. Würde der einem ja nicht glauben, dass das wirklich ein Unfall war. War ja keiner dabei. Die Mutter und sie im Garten, der Großvater in der Werkstatt. Der Lärm der Kreissäge. Die war schon über eine Stunde tot, als sie sie fanden.

»Die Oma ist damals die Treppe runtergefallen, Jungchen«, sagt sie jetzt doch mit hoch erhobenem Kopf.

Lessings Augen werden rund.

»Was wollen Sie damit andeuten?«

Weiß ich auch nicht, könnte sie sagen, *aber man fühlt sich eben schuldig, wenn so etwas passiert.* Weil man nicht zur Stelle war, um es zu verhindern, und weil man immer wieder drüber nachgedacht hat, es sich vorgestellt und gewünscht hat, und weil man – wenn es dann passiert – schuld ist. In Gedanken versündigt. Christa Sünde Wittler.

»War so«, schnauzt sie Lessing an, »schreiben Sie: Wahrscheinlich hat sie auch ihre Großmutter die Treppe hinuntergestoßen.«

Lessing schluckt.

»Wann war das? Was ist passiert, Frau Wittler?«

Sie grinst ihn böse an.

»Der Großvater«, schiebt sie hinterher, »der ist in seiner Werkstatt tot umgefallen. Zwei Jahre später. Einfach so. War noch ziemlich gut beieinander, aber dann lag er nachmittags zwischen den Sägespänen. Herzinfarkt.«

Sie senkt den Kopf, weiß nicht, warum sie das sagt. Sie sollte das nicht sagen. Nicht so.

Den Großvater hatte sie gemocht. Nicht, dass er sie liebevoll behandelt hätte, eigentlich hatte er sie gar nicht beachtet, aber er war der Großmutter so manches Mal über den Mund gefahren, wenn die sie mit ihren ewigen Schimpftiraden bei Tisch gequält hatte. Er sprach selten, aber ab und an schlug er mit der flachen Hand auf den Tisch und sagte: »Kann man denn nicht mal in Ruhe essen?«

Dafür hatte sie ihn gemocht.

Lessing rutscht unruhig auf seinem Stuhl vor. »Wollen Sie damit andeuten …«

»Nein!«

Das ewige Brüllen der Kreissäge. Gleich wenn er die Werkstatt betrat, schaltete er sie ein. Manchmal benutzte er sie stundenlang nicht, ließ sie einfach laufen. Sie hatte erst in seinen letzten Lebensjahren verstanden, dass er mithilfe des Sägelärms floh, in seine Holzwelt abtauchte, fernab von Nessdorf, seiner Frau, der Tochter und ihr, der Enkelin. In einem Meer aus Sägespänen hatte er gelegen, den Zollstock noch in der Hand. Hinten in der Werkstatt hatten sie dann den Sarg gefunden. Eiche. Auf dem verstaubten Deckel stand in sorgfältig geschnitzten Buchstaben: Johann Wittler. Er musste ihn schon vor langer Zeit angefertigt haben. Mit so viel Liebe zum Detail. Mit so viel Hoffnung auf ein besseres Leben danach.

Sie schnaubt verächtlich.

»So ist das in Nessdorf, Jungchen. Da braucht es einen Sarg, wenn man fort will.«

Lessing fährt sich mit der Rechten durch das halblange Haar.

»So hat das keinen Sinn, Frau Wittler. Ich schlage vor, wir unterbrechen hier. Vielleicht geht es nach einer Pause besser. Möchten Sie einen Kaffee?«

»Die Dinge werden nicht besser, nur weil man sie aufschiebt, Jungchen. Ganz im Gegenteil. Aber einen Kaffee, ja, einen Kaffee nehme ich gerne.«

Lessing klappt den Laptop zu und geht hinaus. Der Beamte an der Tür bleibt.

Aufschieben ist nie gut. Aufschub hatte sie der Mutter nach der Beerdigung des Großvaters zugestanden. Ein oder zwei

Wochen, hatte sie gedacht, dann würde sie gehen. Und sie hatte sich geschämt, weil sie sich beim Leichenschmaus so leicht, so erlöst gefühlt hatte. *Ich gehe fort! Ich gehe endlich fort,* sang es in ihrem Kopf.

Aber die Mutter hatte es wohl geahnt. Schon drei Tage später war sie krank. Erst der Kreislauf, dann Migräneanfälle, die sie zwangen, im abgedunkelten Schlafzimmer zu bleiben, und später dann der Rücken. Nicht bücken, nicht schwer heben, und gleichzeitig wurde sie der nörgelnden Großmutter immer ähnlicher. Täglich wies sie darauf hin, wie sie sich geplagt habe, um sie, Christa, großzuziehen, und dass sie wohl ein bisschen Dankbarkeit erwarten könne.

Lessing kommt zurück, stellt zwei Becher mit Kaffee und einen Teller mit Zuckerstückchen, portionierter Kondensmilch und Spekulatius auf den Tisch.

Während er Zucker in seinen Kaffee gibt, sagt er: »Vielleicht sollten wir es anders anfangen. Erzählen Sie von gestern Mittag.«

Sie klopft mit dem Löffel auf den Tisch. »Also was nun? Erst von Anfang an und jetzt nur das Ende?«

Sie schluckt.

Wen sollte es auch interessieren, ihr vergeudetes Leben? Vielleicht sollte sie noch sagen, dass sie im Laufe der fünfzehn Jahre, die sie mit ihrer Mutter alleine gelebt hatte, hundertmal in Gedanken fortgegangen war. Einmal hatte sie sich einen Bildband über Düsseldorf bestellt. Sie dachte, dass sie die Plätze, an denen sie mit Frau Meermann gewesen war, darin finden könnte. Aber alles war fremd und unvertraut gewesen. Von da an hatte ihre Sehnsucht kein Ziel mehr gehabt. Keinen Ort. Und das war das Schlimmste. Dieses ziellose Sehnen.

Sie nimmt einen Schluck Kaffee. Er liegt bitter auf der Zunge.

»Bitter«, sagt sie. »Es ist bitter, wenn man fast sechzig ist und begreift, dass da nichts mehr kommt. Und es ist unerträglich, wenn man sich eingestehen muss, dass man selber schuld ist.«

Sie spürt ein Ziehen im Nacken, schluckt an aufsteigenden Tränen und weiß mit plötzlicher Klarheit, dass das wirklich ihre Schuld ist. Die einzige Schuld, die sie anerkennen wird.

Dass der alte Pastor Burger jeden Montagnachmittag vorbeikam, könnte sie sagen. Die Gemeinde hatte schon vor Jahren der jüngere Kollege aus der Nachbargemeinde übernommen, und der ehrenwerte Pastor Burger wohnte immer noch im Pfarrhaus und kümmerte sich um das Seelenheil seiner Schäfchen. Wenn er bei der Mutter gewesen war und ihr Trost gespendet hatte, kam er anschließend zu ihr in die Küche, nannte sie eine gute Tochter und vergaß nie zu erwähnen, dass die Mutter sie in dieser schweren Zeit brauche. Bevor er ging, pflegte er mahnend das vierte Gebot zu zitieren: »Du sollst Vater und Mutter ehren, damit du lange lebest und es dir wohlergehe auf Erden.«

»Das vierte Gebot, Herr Lessing, kennen Sie das vierte Gebot?«

Lessing schüttelt langsam den Kopf. »Nein, Frau Wittler, das kenne ich nicht.« Ruhig sagt er das, ganz ruhig und mit diesem resignierten Unterton.

Sie starrt in ihre Tasse.

»Seien Sie froh.«

Lessing spricht jetzt leise, flüstert fast.

»Hat Ihre Tat etwas mit dem vierten Gebot zu tun?«

Sie schiebt die Tasse zur Seite, beugt sich weit über den Tisch und flüstert ebenfalls.

»Ich wollte nicht, dass er es ausspricht. Ich wollte nicht, dass er es auch nur noch ein einziges Mal sagt.«

Lessing sieht sie schweigend an.

Nein, sie hatte es nicht geplant.

Wie jedes Jahr hatte die Mutter den alten Pastor am ersten Weihnachtstag zum Essen eingeladen. Tagelang hatte es geschneit, und sie war schon früh am Morgen bei minus elf Grad rausgegangen, um einen Weg über den Hof freizuschaufeln. Extra für ihn. Später stand sie am Küchenfenster, die Gans im Backofen, Rotkohl und Kartoffeln auf dem Herd, und schaute hinaus. Es schneite nicht mehr, der blaue Himmel wölbte sich hoch über ihr, die schneebedeckten Dächer und Felder glitzerten in der Mittagssonne, als habe Gott Diamanten mit großer Hand darübergestreut. Der Duft nach Gänsebraten und Rotkohl, die wohlige Wärme der Küche und die lichtdurchflutete Stille da draußen verliehen ihr für einen Augenblick ein Gefühl der Zuversicht. Für einen Augenblick verspürte sie die Gewissheit, dass sich alles ändern würde.

»Kennen Sie das? Ich meine, das ist selten, aber manchmal ... manchmal weiß man einfach, dass etwas passieren wird. Ist das dann Vorsatz? Ich meine ... als er auf den Hof kam, in seinem schwarzen Anzug, den alljährlichen Weihnachtsstern im Plastiktopf unter dem Arm ... Dieser rote Weihnachtsstern war wie eine Wunde in der weißen Stille.«

»Was reden Sie denn da?«

Sie atmet schwer. »Ich weiß es ja auch nicht, Jungchen. Ich kann doch nur sagen, wie es war, dieses Ende.«

Sie hatte ihm die Tür geöffnet. Er übergab ihr, wie jedes Jahr, mit gönnerhafter Geste den Weihnachtsstern und wünschte ein gesegnetes Weihnachtsfest. Dann ging er ins Wohnzimmer zur Mutter, wo der Tisch bereits gedeckt war.

Sie wollte die Hühnerbrühe servieren, stand mit der Suppenterrine im Flur, als sie ihn mit der Mutter streiten hörte. Sie blieb vor der angelehnten Wohnzimmertür stehen. Lauschte. Nicht schön. Nicht gottgefällig. Und dann hörte sie die Mutter sagen: »Sie ist schließlich auch deine Tochter.« Für einen Moment wankte sie, Hühnersuppe schwappte aus der Terrine auf den Flurläufer. Sie suchte Halt an der Wand neben der Wohnzimmertür.

»Kennen Sie Mahjong, Herr Lessing? Dieses Spiel, bei dem immer zwei zusammengehören? Kennen Sie das?«

Lessing verdreht die Augen und lehnt sich resigniert zurück.

»Ja, das kenne ich.«

»Immer wieder fängt man von vorne an, immer denkt man, es muss doch aufgehen. Und dann stellt man fest, dass die ganze Zeit über ein Stein im Spiel ist, zu dem es keinen zweiten gibt.«

Sie hatte die Suppe zurück in die Küche getragen und sich auf einen der Stühle fallen lassen. Wie lange sie so gesessen hatte, wusste sie nicht mehr.

Sie blickt auf. Müde sieht er aus, dieser Lessing. Hat sich diesen zweiten Weihnachtstag wohl auch anders vorgestellt. Hat vielleicht Kinder, Familie und so.

»Machen wir es kurz. Er kam in die Küche, fragte nach dem Essen. Ich hab im Wohnzimmer aufgetragen. Am Tisch sprach er ein Gebet, dankte für die Speisen und für die Geburt von Gottes Sohn. Mein Kopf war völlig leer. Er saß mir gegenüber, und ich konnte ihn nicht ansehen. Die Mutter fragte: ›Hat es Ihnen geschmeckt, Herr Pastor?‹ Mir war übel. Ich hab den Tisch abgeräumt, war beim Spülen, als er in der Tür stand, um sich zu verabschieden. Und ich dachte … ich dachte, wenn er es wagt … wenn er es jetzt noch einmal wagt zu sagen: *Du sollst Vater und Mutter ehren,* dann … Das Messer lag im Spülwasser. Ich tastete nach dem Griff. Er zog seinen Mantel an, und für einen Moment war ich erleichtert. Für einen Moment dachte ich: Er sagt es nicht. Er geht, ohne es zu sagen. Ich ließ das Messer los und zog meine Hände aus dem Wasser. Wenn er doch einfach gegangen wäre. Aber er drehte sich um. ›Und du weißt ja, Christa …‹, fing er an. Das Spülwasser spritzte auf, und dann … dann lag er auf dem Küchenboden, und ich habe zum Fenster hinausgesehen und gedacht: Jetzt … jetzt wird alles anders!«

Drei Steine

Er steht an dem kleinen Kieselstrand an der Ostseite des Sees. Der Morgen ist kühl.

Mitten in der Nacht war er losgefahren. Ohne Ziel, nur mit dem Wunsch, der Schlaflosigkeit, die ihn aushöhlte, etwas entgegenzusetzen. Als nach dreihundert Kilometern die ersten Hinweisschilder die Abfahrt ankündigten, verspürte er einen unwiderstehlichen Sog. Wie in Trance bog er von der Autobahn ab.

Am gegenüberliegenden Ufer drängt sich, eingeschlossen von bewaldeten Hängen, ein kleiner Ort mit Schieferdächern am Wasser. Nebelschwaden ziehen über den See, auf dessen Grund drei flache Steine liegen. Der dunkelbraune, der in der Sonne rostrot schimmerte und genau in Markus' Kinderhand gepasst hatte. Der weiße, der mit seinen feinen grauen Adern an eine Flusslandschaft erinnerte, hatte Thomas gehört, und der pechschwarze, wie eine Niere geformte, war seiner gewesen.

»Königssteine« hatten sie sie flüsternd genannt. Immer wieder hatten sie sie aus den Taschen ihrer kurzen Hosen hervorgegraben, im See gewaschen und an ihren T-Shirts blank gerieben.

An jenem letzten Abend vor zwanzig Jahren hatten sie sich nach dem Abendessen aus dem Speisesaal geschlichen. Die Sonne lag wie eine überreife Blutorange, halb verdeckt von Baumwipfeln, auf der anderen Seite des Sees. Die Schieferdächer der Ortschaft leuchteten in silbrigem Rosa.

In den drei Wochen der Ferienfreizeit hatten sie unzählige Steine über das Wasser geworfen, aber an diesem Abend wollten sie sich mit dem Wurf der Königssteine ein letztes Mal messen und ihre Freundschaft besiegeln.

Er warf seinen Stein zuerst. Sieben Mal. Sieben Mal berührte er die spiegelglatte Wasseroberfläche und sprang wieder in die Höhe, als zähle die Beschaffenheit der Elemente und die Erdanziehungskraft nicht.

»Sieben!«, hört er sich triumphierend mit Kinderstimme rufen.

Auch Markus' Stein tanzte diese sieben Schritte, blitzte im roten Licht der Abendsonne auf, und heute scheint es ihm wie ein Zeichen, dass er an der gleichen Stelle unterging. Thomas warf als Letzter.

Zwölf Sprünge!

Sie hörten das kurze Zischen, sahen die größer werdenden Kreise auf der Wasseroberfläche, wenn der weiße Stein sie streifte. Sie meinten, die Leichtigkeit zu spüren, mit der er immer wieder hochschnellte. Später waren sie nicht sicher gewesen, ob er überhaupt untergegangen war.

Aber das war er wohl. Weiter zur Seemitte hin, mehrere Meter hinter Markus und seinem Stein, musste er liegen.

Sprachlos standen sie nebeneinander, blickten ungläubig auf das stille Wasser. Dann flüsterte Thomas mit strahlenden Augen: »Habt ihr das gesehen? Wie Flügelschläge! Ich habe zwölf gezählt.«

Markus schob die Lippen vor.

»Dein Stein war ja auch leichter als unsere, das habe ich doch die ganze Zeit gesagt. Das war unfair.«

Die Stimmung kippte von einer Sekunde zur anderen.

Auch er hatte den Neid auf den wunderbaren Flug des weißes Steins gespürt und Markus zugestimmt.

»Genau. Der war viel leichter!«, sagte er.

Ein kurzes Zucken um Thomas' Mund, und das Strahlen in seinen Augen verlor sich. Sie ließen ihn stehen, gingen zu zweit zurück zum Haus.

Er dreht sich um, sieht die schmale, inzwischen mit Brombeerbüschen zugewachsene Treppe, die die Böschung hinaufführt. Oben, am Ende des Aufgangs, schlängelt sich ein Feldweg zu einem roten, dreistöckigen Backsteingebäude.

Auf diesem Weg bestätigten sie sich gegenseitig in ihrem Verdacht, waren sich einig, dass Thomas betrogen hatte.

Auf dem Bogen über dem zweiflügeligen Portal, daran erinnert er sich genau, stand »Anno 1902«. Damals hatten sie alle drei große Mühe gehabt, die schwere Tür des Landschulheimes zu öffnen. Thomas war der Kleinste. Von innen konnte er sie, wenn er sein ganzes Gewicht dagegenstemmte, aufschieben, aber sie von außen alleine aufzuziehen, war ihm nie gelungen.

Hatten sie an jenem Abend wirklich nicht daran gedacht? Hatten sie sich wirklich in das Sechsbettzimmer geschlichen und nicht bemerkt, dass Thomas nicht nachkam?

An die Betreuerin Marlis erinnert er sich, die fröhlich »Guten Morgen, heute ist Reisetag!« rief. Marlis, die die schweren Vorhänge zurückzog und erstaunt fragte: »Wo ist denn Thomas?«

An die plötzlichen Magenschmerzen kann er sich erinnern und an Markus, der im oberen Stockbett lag, seinen Kopf über die Bettkante schob und ihn erschrocken ansah.

Während die anderen im Haus suchten, zogen sie sich in aller Eile an und rannten los. Den Feldweg entlang, die Treppe zum Wasser hinunter. Immer wieder riefen sie seinen Namen.

Und dann standen sie hier an dieser Stelle, an der er jetzt steht. Zitternd vor Angst und Schuld sahen sie auf den See, über den der Wind gleichmäßige Wellen schob. Sie wagten es nicht, sich anzusehen, und wussten doch, dass sie beide das Gleiche dachten.

Er war weinend auf die Knie gefallen. Markus begann erneut zu rufen, und die Panik machte seine Stimme hoch und schrill.

Er streift mit seinen Schuhen über die Strandkiesel, schiebt sie auseinander, sucht nach einem flachen Stein.

Thomas hatte plötzlich hinter ihnen gestanden. Durchgefroren und müde sah er aus. »Ich habe die Tür nicht aufbekommen.« Ganz ruhig, ganz ohne Vorwurf sagte er das, und dabei lächelte er verlegen. Den Großmut und das selbstverständliche Verzeihen, das in dem schlichten Satz gelegen hatte, erkannte er erst Jahre später.

Auf dem Weg zurück zum Schullandheim gingen sie nebeneinander, und er und Markus versicherten Thomas in ihrer grenzenlosen Erleichterung immer und immer wieder, dass niemand einen Stein so übers Wasser tanzen lassen könne wie er. Dass er eindeutig und mit großem Abstand gewonnen habe und sein Stein kein Gramm leichter gewesen sei als die anderen beiden.

Sie zogen gemeinsam, so wie sie es vor jenem Abend immer getan hatten, den schweren Türflügel auf.

Er geht in die Hocke, nimmt einen grauen, flachen Stein auf und wirft ihn über das Wasser. Drei Mal. Er lächelt.

Bis heute sind sie alle drei befreundet. Markus lebt inzwischen in München, Thomas in den USA, nur er ist im Ruhrgebiet geblieben. Sie schreiben sich regelmäßig und benutzen in ihren E-Mails, wenn sie sich trösten wollen oder Glück wünschen, immer noch ihren Kindercode.

»Lass ihn zwölf Mal springen.«

Hanna sagt

Spät am Abend kam er an. Zu Fuß und in jeder Hand einen Koffer. Eine große, klobige Gestalt, die sich mit erstaunlicher Wendigkeit durch die Dunkelheit bewegte.

»Eingeschlichen hat der sich«, sagt Hanna, »wie ein Dieb bei Nacht und Nebel«, sagt sie und fischt mit Daumen und Zeigefinger ein Stück Rinderleber aus der Konservendose. Den Leckerbissen hält sie unter den Tisch. Moritz schleicht um ihre Beine und nimmt ihn vorsichtig mit seinen spitzen Zähnen entgegen.

Hanna sagt: »Gleich am ersten Morgen, um sieben Uhr in der Frühe, hat der den Jägerzaun abgerissen.«

Dieses klagende Quietschen der langen, rostigen Nägel, als er sie aus dem verrotteten Holz zog.

Am Küchenfenster hatte sie gesessen, wie immer um diese Zeit, und zugesehen, wie er mit seinen schweren Schuhen gegen die spangrünen Pfosten trat. Jeder Pfosten nur ein einziger Tritt. Er hatte dagestanden, mit diesen großen Händen und dem schäbigen roten Pullover, und zugetreten. Mit aller Entschiedenheit.

Hanna sagt: »Jahre leer gestanden hat der Hof. Innen, im Hinterhaus, da war ja nichts mehr. Vorne gab es noch das eine Zimmer und die Küche, aber der Rest … Sind doch nur die Außenmauern stehen geblieben.«

Sie sagt: »Verkauft, hab ich gedacht. Ausgerechnet an so einen … Richtig Angst hat der mir gemacht … Ich meine, der hat nichts gesagt, aber wie der zugetreten hat!«

Sie flüstert die Sätze auf den Tisch. Wieder und wieder feilt sie an den Worten, spricht sie neu. Moritz hört zu. Moritz ist ein guter Zuhörer. Kein Mund, der fragt oder korrigiert. Kein Blick, der zweifelt.

Ganz langsam wiegt sie den Kopf hin und her.

Sie sagt: »Der wollte hier gar nicht wohnen!«

Mit der Linken greift sie in den Ausschnitt ihrer Bluse und zieht auf beiden Seiten die Träger des Büstenhalters aus dem Schulterfleisch.

Sie sagt: »Drei Tage später hat der das Gerüst aufgebaut.«

Ganz alleine hievte er in der Kälte die Eisenstangen in die Betonsockel und steckte die Verstrebungen ineinander. Er arbeitete präzise und schnell. Jeder Handgriff saß. Schwitzend fuhr er sich immer wieder mit dem linken Unterarm durchs Gesicht, und sein schäbiger Pullover färbte sich an Nacken und Schultern rostrot vor Nässe.

»Außenanstrich!«, sagt Hanna und nickt dem Kater, der auf ihren Schoß gesprungen ist, wissend zu. »Im Oktober, wenn das Wetter nass ist und man schon mit Nachtfrost rechnen muss. Da fängt man so was doch nicht an.«

Sie gibt dem Tier einen freundlichen Stoß, stützt sich mit beiden Händen auf dem Küchentisch ab, schiebt ihren Oberkörper über die Hände und drückt sich in die Höhe. In ihren abgetretenen Hausschuhen schlurft sie zur Küchenzeile, nimmt den Wasserkessel vom Herd und geht zum Spülbecken. Moritz folgt ihr und ist mit einem Satz auf der Arbeitsfläche.

Sie sagt: »Jedenfalls muss man sich keine Vorwürfe machen«, und drückt die Tülle des Kessels unter den Wasserhahn. Bis zur Hälfte füllt sie ihn auf.

Der stand auf dem Gerüst und malte den Giebel des Hauses an. Gelb! Mitten in diesem westfälischen Dorf aus roten Ziegelhäusern und renovierten Fachwerkbauten stand er sechs Meter über der Erde und strich die weißen Felder gelb und dann die schwarzen Balken rot.

Hanna sagt: »Dass der nicht ganz richtig war, hab ich gleich gewusst.«

Es regnete. Er fuhr mit der Farbrolle, die er auf einen Besenstiel gesteckt hatte, über die Fassade. Immer wieder tauchte er die Rolle in den Farbeimer, stellte seine Füße schulterbreit auseinander und hielt für einige Sekunden inne. Er führte die Rolle, indem er seinen ganzen Körper hin und her wiegte, über das Mauerwerk. Wie ein Dirigent mit einem überdimensionalen Taktstock.

Hanna sagt: »Stundenlang hab ich hier am Küchenfenster gestanden und ihm zugesehen. Hin und her. Ich hab gedacht, der ist besoffen.«

Wenn sie sich abwenden wollte, wenn das Gleichmaß seiner Bewegungen sie langweilte, hielt er inne. Er brauchte zwei bis drei Sekunden, um seine Füße vom Boden zu lösen. Wankend, so als müsse er, wie ein Matrose bei rauer See, ein Schaukeln des Bodens ausgleichen, ging er zum Farbeimer.

Hanna löffelt Kaffee in die Filtertüte. Der Plastikfilter wackelt auf der rosa geblümten Porzellankanne mit dem abgestoßenen Schnabel.

Sie sagt: »Dass so einer zurückkommt!«

Mit der linken Hand hält sie den Griff des Filters fest und gießt vorsichtig kochendes Wasser auf das Kaffeepulver. Der Duft erfüllt augenblicklich das Zimmer. Die angegilbten Resopalmöbel, der abgetretene Holzfußboden, die karierte Tischdecke, selbst ihr dunkelblaues Kittelkleid mit den kleinen weißen Punkten duftet nach Kaffee.

Er schaffte bis zum Mittag die ganze Vorderfront.

An diesem Tag, es dämmerte bereits, ging sie hinüber. Er baute das Gerüst mit der gleichen Präzision und Schnelligkeit ab, wie er es am Tag zuvor aufgebaut hatte. Ihren Gruß nahm er nicht wahr. Erst als er die Steckverbindungen der unteren Bretter löste, schaute er auf.

Hanna sagt: »Er starrte. Nicht feindselig, nein. Erstaunt. Fast ein bisschen ängstlich. Aber das glaubt man ja nicht. So ein Kerl und dann so ein Blick.«

Er legte ein Brett zur Seite und wischte sich seine Hände an den Hosennähten ab, ohne Hanna auch nur eine Sekunde aus den Augen zu lassen.

Mit ausgestreckter Hand kam er auf sie zu. Sein Händedruck war fest. Sie konnte die Schwielen in der Handinnenfläche spüren. Er sagte nichts. Nicht Guten Tag, nicht seinen Namen – nichts.

Hanna sagt: »Wie soll man einen wiedererkennen nach vierzig Jahren?«

Sie nimmt zwei Kaffeebecher aus dem Schrank und stellt einen auf den Tisch, den anderen auf die Anrichte. Auf den zweiten platziert sie den noch tropfenden Filter. Löffel und Zuckerdose in der Hand, schaukelt sie anschließend, das Gewicht vorsichtig von einem Fuß auf den anderen verlagernd, zu ihrem Stuhl. Sie stellt die Sachen neben dem Becher ab, hält sich mit beiden Händen an der Tischkante fest und sinkt bedächtig auf die Sitzfläche.

Sie sagt: »Man erfährt die Dinge immer erst hinterher. Man erfährt die Dinge immer zu spät.«

Drei gehäufte Teelöffel Zucker schaufelt sie in die heiße Flüssigkeit, stößt immer wieder den Löffel auf den Grund der Tasse, hebt den noch nicht aufgelösten Zuckermatsch an die Oberfläche und lässt ihn wieder eintauchen.

Im Laufe der Woche hatte er das ganze Haus gelb-rot gestrichen. Ein Haus, das man schon von Weitem sah, lange bevor man das Dorf erreichte.

Hanna sagt: »Wegen der Ordnung kommt man nicht drauf. Wegen der akkuraten roten Balkenlinie und den sauber ausgemalten gelben Feldern.«

Immer wenn er sie sah, kletterte er vom Gerüst und kam an den Straßenrand. Jedes Mal wischte er sich die Hände ab und reichte ihr die schwielige Rechte. Wenn sie eine Frage stellte, wurde er ganz still, als müsse er sich die Antwort gut überlegen. Dann, wenn sie schon dachte, er habe sie nicht verstanden, antwortete er. Das Sprechen schien ihn anzustrengen, so als sei er es nicht gewohnt, seine Stimme zu benutzen. Seine Sätze waren knapp, und wenn ihm eine Frage nicht behagte, drehte er sich um und ging wieder an die Arbeit. Einmal hatte er ungefragt gesagt: »Die Rosenstöcke sind schön. Die müssen vom Haus weg.«

Hanna drückt mit der Spitze des abgeleckten Kaffeelöffels Linien in die Tischdecke.

Sie sagt: »Damals, als die Eltern nicht mehr rausgekommen sind, da hat der gebrüllt wie ein waidwundes Tier.«

Sie klopft mit den Knöcheln ihrer linken Hand auf die Tischplatte.

Sie sagt: »War nur ein Gerücht. Keiner wusste was Genaues. Hat sich aber gehalten. Und was sich hält, hat Wahrheit, oder? Jedenfalls sagt man das doch so. Und damals hieß es, dass er das war.«

Sie legt den Kaffeelöffel zur Seite und schaut in den Garten. Die Gemüsebeete sind immer noch mit Stroh abgedeckt. Die hätte sie schon lange freilegen und die Saat ausbringen müssen. Aber was soll's?

Mit beiden Händen umklammert sie die Tischkante, drückt ihre Füße fest auf den Boden und zieht sich hoch. Der Kaffeeduft ist verflogen. Sie nimmt den Filter vom zweiten Becher und stellt ihn in die Spüle. In der Tasse haben sich die letzten Tropfen zu einer kleinen Kaffeepfütze gesammelt. Sie trinkt im Stehen. Ohne Zucker.

Als er mit der Rückwand des Hauses fertig war und das Gerüst zum letzten Mal abgebaut hatte, kam er zu ihr herüber und hielt ihr die beiden Rosenstöcke entgegen, die rechts und links vor seiner Eingangstür gestanden hatten.

Hanna sagt: »Sorgfältig ausgegraben hat der die. Vielleicht hätt' ich was merken müssen. So selbstverständlich! Genau wie er mir all die Tage vorher seine Hand hingehalten hat.«

Sie lehnt sich an den Herd, verschränkt ihre Arme unter dem Busen und starrt auf den abgetretenen Holzfußboden.

Sie sagt: »Aber wer denkt denn an so was? Denkt doch keiner dran. Kann man doch nicht begreifen.«

In der Nacht hatte ein flackerndes rötliches Licht sie geweckt. Sie starrte die Zimmerdecke an und fand keine Erklärung für diese tanzende Helligkeit. Erst als sie in der Ferne Sirenen hörte, wusste sie plötzlich, was sie da sah.

Einer der Polizisten hatte später behauptet, es wäre ein Unfall gewesen. Er hatte wohl versucht, das Moped seines Vaters zu starten. Im Anbau. Neben den Strohballen für die Kaninchenställe.

Hanna hebt den Kopf, dreht sich um und schaut zum Küchenfenster hinaus. Zwischen den schwarzen Mauerresten zeigt sich schon wieder Unkraut. Rechts neben der Ruine, da, wo früher der Eingang war, stehen die beiden Rosenstöcke. Sie hat sie, wenige Tage nachdem sie ihn unter dem Schutt gefunden hatten, eingepflanzt.

Bedächtig nickt sie der Ruine zu.

An dem Tag vor dem Feuer war er noch einmal rübergekommen. Er hatte gesagt: »Manche laden sich Schuld kiloweise auf, ohne ihr Gewicht zu spüren. Und andere … andere, die ertragen nicht ein Gramm davon.«

Aber das sagt Hanna nicht.

Die Spur zurück

Es riecht nach Sommerferien. Der würzig staubige Duft geschnittenen Heus liegt in den Wiesen, wilde Kamille und Klatschmohn stehen am Rand des Weizenfeldes. Das Mittagslicht ist so blendend weiß, dass es in den Augen brennt. Meike geht neben ihm. Die Gurte des Rucksacks liegen auf ihren braun gebrannten Schultern, Schweiß färbt das ärmellose pinkfarbene T-Shirt zwischen ihren kleinen Brüsten eine Nuance dunkler. Der blonde Pferdeschwanz hüpft über dem Rucksack hin und her.

Im Wald malt der kühlende Schatten eine feine Gänsehaut auf ihre Arme, und sie durchpflügen das trockene Laub mit ihren Wanderschuhen.

Kein Rascheln.

Im Unterholz fliegt eine Dohle auf.

Kein Vogelschrei.

Dann die schmale Landstraße. Der Himmel hängt tief. Donner. Blitz.

Bis auf die Haut durchnässt küssen sie sich frierend. Ihr warmer Atem auf seiner regennassen Wange.

»Sieh nur. Ein Haus.«

Er hört sie nicht. Er weiß, dass sie es sagt. Sie laufen los.

»Nein! Nein!«

»Thomas!« Von Katjas Rufen wacht er verschwitzt und atemlos auf, erkennt das milchige Licht der Straßenlaterne, das durchs Schlafzimmerfenster fällt.

Katja legt ihre Hand auf seine Wange. »Geträumt«, sagt sie, »du hast geträumt.«

Der Digitalwecker zeigt 03.20 Uhr. Er wirft die Decke zurück, setzt sich auf und versucht, langsam und ruhig zu atmen.

Im Bad wäscht er sein Gesicht mit kaltem Wasser. An Schlaf ist nicht mehr zu denken. Er weiß das. Er zieht den Bademantel über.

Die beiden Kinderzimmertüren sind nur angelehnt. Aus Linas Zimmer fällt ein schmaler Lichtstreifen auf die Flurfliesen. Er schaut kurz hinein. Ihr brauner Lockenkopf liegt neben dem Kopfkissen, ein Buch ist zu Boden gefallen. Er hebt es auf. *Ferien auf dem Reiterhof.* Er lächelt müde, legt es auf den Nachttisch und bettet ihren Kopf auf das Kissen. Seit zwei Jahren steht ein Pony auf ihrem Weihnachtswunschzettel. Er küsst ihre Stirn und flüstert: »Morgen ist es so weit, mein Engelchen.«

In der Küche schaltet er das Licht ein und stellt die Espressomaschine an. Er lehnt am Kühlschrank, betrachtet das rote Lämpchen am Kaffeeautomaten, das blinkend signalisiert, dass sie noch nicht bereit ist.

Vierundzwanzig Jahre!

Mit dem Zug waren sie zurück nach Köln gefahren. Zuerst mit der Regionalbahn bis München. Das gleichmäßige Rattern ist ihm noch in Erinnerung, zäh und langsam kam es ihm vor, und er stand immer wieder auf, ging im Waggon hin und her, als könne er damit den Abstand vergrößern, München schneller erreichen. Meike saß ganz still und starrte zum Fenster hinaus. Erst im Zug nach Köln sprach sie wieder.

Das Licht an der Espressomaschine blinkt nicht mehr. Er stellt eine der kleinen Tassen darunter und drückt den Knopf. Während die Maschine brummend heißes Wasser durch das Kaffeepulver drückt, meint er Meikes Stimme zu hören.

»Vergessen! Hörst du? Wir werden nie wieder davon sprechen.«

Ihr Blick war entschlossen. Mit der Rechten umschloss sie ihr linkes Handgelenk so fest, dass die Knöchel weiß hervortraten.

Schweigend sahen sie zu, wie Landschaften, Städte und

Bahnhöfe am Fenster vorbeizogen. Sahen zu, wie sie sich entfernten, von der Landstraße, dem Gewitterabend und dem Haus.

Auf dem Kölner Bahnhof sah er Meike zum letzten Mal. Ein flüchtiger Abschied. Die Blicke ausweichend, die Münder randvoll mit Unausgesprochenem, reichte es nur für ein kurzes »Bis dann!«.

Sie ahnten beide, dass dieses »dann« nicht kommen würde, dass ihre Sommerliebe nicht stark genug war, diesem Abend zu trotzen.

Er blickte ihr nach, als sie in der Menschenmenge verschwand.

Am nächsten Tag versuchte er, sie anzurufen, wollte sich nicht abfinden mit diesem Ende. Ihre Mutter war am Telefon. Sie sagte, dass Meike für einige Tage eine Freundin in Düsseldorf besuche.

Seine Eltern waren besorgt gewesen. »Warum acht Tage eher als geplant?«, fragten sie, aber als er nur ausweichend antwortete und Meike nicht mehr kam, fanden sie wohl ihre eigenen Erklärungen.

Dann begann das Architekturstudium in Aachen und damit, so schien es ihm damals, ein neues Leben. Zu Hause hatte er noch ab und zu an Meike gedacht, aber in der fremden Stadt verblasste ihr Gesicht, die Konturen wurden unscharf und lösten sich schließlich ganz auf. Er vergaß Meike, den Wanderurlaub und den Unwetterabend.

Er gibt Zucker in den Espresso und setzt sich an den schweren, runden Holztisch, der wie eine Insel in der Mitte der geräumigen Küche steht.

Der Anruf war im Büro eingegangen. Auf der Schreibtischunterlage hatte einer dieser unscheinbaren Post-it-Zettel seiner Sekretärin geklebt. »Frau Anwetten bittet dringend um Rückruf.« Das Wort »dringend« war unterstrichen. Die Telefonnummer darunter siedelte er anhand der Vorwahl in der

Nähe von Dortmund an. Er kannte keine Frau Anwetten und fuhr zunächst zu einer Baustelle am Stadtrand, wo der plötzliche Wintereinbruch mit seinen Schneemengen Probleme machte. Die Notiz fiel ihm erst am späten Abend wieder ein, als er bereits mit einem Arm in seinem Wintermantel steckte, um sich auf den Heimweg zu machen. Das konnte er gerade noch erledigen. Er griff zum Telefon und wählte.

»Anwetten«, meldete sie sich.

»Architekturbüro Spieker«, antwortete er gewohnheitsmäßig. »Sie haben um Rückruf gebeten.«

»Thomas«, sagte sie, »gut, dass du dich meldest. Es ist etwas passiert.«

Dieses Wanken. Er hatte sich hinsetzen müssen. Die alten Bilder standen mit Macht in ihm auf. Er meinte, das Gemisch aus kaltem Zigarettenrauch, Abfällen und Nässe zu riechen, meinte, die Enge in der schmutzigen Küche, die klebrige, groß gemusterte Plastiktischdecke an seinen nackten Unterarmen zu spüren. Gleichzeitig hörte er sich fragen: »Wer sind Sie?« Warum er das tat, wusste er nicht.

Der Espresso belebt, aber er bringt diese ungesunde Unruhe, der die Konzentration fehlt. Er steht auf, stellt die zierliche Tasse kopfüber in die Spülmaschine und geht um den Esstisch herum zur Fensterfront. Vor zwölf Jahren, als Katja zum ersten Mal schwanger war, hatte er dieses Haus im Bauhausstil entworfen und bauen lassen. Die verglasten Schiebetüren gehen zum Garten hinaus. Die Terrasse, die Bäume, der zugefrorene Teich und dahinter die Felder und der Thielenhof. Alles unter einer dicken, stillen Schneedecke. Leons Fahrrad lehnt an der Terrassenbalustrade. Sein Sohn hat vergessen, es in die Garage zu stellen, ist wohl fest davon überzeugt, dass das Christkind das ersehnte Mountainbike bringt. Auf dem Sattel, dem Gepäckträger und sogar auf den Speichen liegt Schnee. Alles weiß. Alles unschuldig.

»Meike«, hatte er geflüstert und gewartet. Darauf gewartet,

dass sie auflegen würde und – wie damals am Bahnhof in Köln – aus seinem Leben verschwand.

»Wir müssen uns treffen.« Ihre Stimme war rauer als damals, aber ihr Ton war immer noch entschieden. Alles in ihm sträubte sich. Er gab Zeitmangel vor, und sie lachte auf. Ein fremdes Lachen. Schrill.

»Du solltest dich mit mir treffen, Thomas. Glaub mir.«

Er hatte an sich hintergesehen. Sah den linken Arm im Ärmel des Wintermantels, den rechten im hellblauen Hemd, und für einen Augenblick dachte er: *Absurd! Das ist doch alles völlig absurd.*

»Ich brauche mit dem Auto eine Stunde bis zu dir«, sagte sie. »Ich komme morgen oder übermorgen. Such es dir aus.«

Sie kam am nächsten Tag. Vormittags hatte er im Büro die Weihnachtskarten für seine acht Mitarbeiter geschrieben und sie den kleinen Päckchen zugeordnet, die seine Sekretärin besorgt hatte. Er war dankbar gewesen für diese Arbeit, die ihm nicht viel abverlangte. Nachmittags machte er sich zu Fuß auf den Weg in das Lokal, in dem sie sich verabredet hatten. Es dämmerte bereits, als er sich in der Fußgängerzone zwischen den Besuchern des Weihnachtsmarktes seinen Weg bahnte.

Mit dem Aufzug fuhr er in den fünften Stock, suchte sich im Restaurant einen Platz am Fenster, bestellte Tee und sah immer wieder zur Fahrstuhltür hinüber. Den Geräuschteppich aus Geschirrgeklapper, dezenter Restaurantmusik und den Stimmen der anderen Gäste nahm er kaum wahr.

Die Frau, die auf seinen Tisch zukam, war nicht die Meike, die damals die Bahnhofshalle verlassen hatte, und doch erkannte er sie sofort. Ihr Haar war kurz geschnitten, die blauen Augen dezent geschminkt, der Hosenanzug, zu dem sie ein breites Wolltuch trug, wirkte edel.

Die Begrüßung fiel steif aus. Sie setzte sich, und sein »Was willst du?« klang abweisender als beabsichtigt.

Sie zog ein Schreiben aus ihrer Handtasche, faltete es auseinander und schob es über den Tisch.

Der Briefkopf nannte die Staatsanwaltschaft München als Absender. Er schluckte eine aufkommende Übelkeit hinunter und schob das Papier in die Mitte des kleinen Tisches.

»Lies schon!«, sagte sie knapp.

… konnten Fingerabdrücke im Haus des seit dem 24. Juli 1984 vermisst gemeldeten Manfred Schorsch Ihnen zugeordnet werden …, stand da.

Er rieb sich mit der rechten Hand das Gesicht und brauchte einen Moment, bis er verstand, was er da las.

»Aber … wieso denn vermisst?« Sein Herz schlug jetzt bis zum Hals.

»Er ist seit damals verschwunden«, antwortete sie, und er war erstaunt, wie selbstverständlich sie das sagte.

Er öffnet die Terrassentür. Die klare, kalte Morgenluft greift nach ihm, dringt in seine Lunge. Er wischt den Schnee von Sattel und Gepäckträger und schiebt Leons Fahrrad zum Seiteneingang der Garage. Ordnung. Wenn schon nicht in ihm, so sollte doch um ihn herum alles seine Ordnung haben.

Der Kellner war an den Tisch gekommen, hatte die Bestellung aufgenommen und war lange fort, als er endlich wieder denken konnte.

»Wieso Fingerabdrücke? Nach all den Jahren … ich verstehe nicht …«

Dann hatte Meike erzählt. Sie unterbrach sich nur, als der Kellner Tee und Kaffee brachte.

Sie hatte Betriebswirtschaft studiert und arbeitete seit Jahren in einem Unternehmen für Steuerberatung und Wirtschaftsprüfung.

»Vor drei Monaten wurde einer meiner Mandanten verhaftet, und es stand der Verdacht im Raum, dass ich von seinen Steuerhinterziehungen gewusst hätte, ja sogar beteiligt gewesen wäre.«

Ihre Rechte umschloss fest das linke Handgelenk, und er dachte an die Zugfahrt, erkannte die Geste wieder.

»Bei dem Kunden wurde ein Ordner mit Unterlagen zu Schwarzgeldkonten sichergestellt. Man fand verschiedene Fingerabdrücke darauf.«

Sie schnaubte resigniert. »Ich habe von diesen Konten nichts gewusst, und es ging doch nur um Vergleichsabdrücke, um den Beweis, dass ich diese Papiere nie in den Händen hatte.« Sie nahm einen Schluck von ihrem Kaffee und starrte auf die Tischplatte. »Alles war in Ordnung«, sagte sie wie zu sich selbst. »Die Ermittlungen gegen mich wurden eingestellt. Alles war gut, bis vor drei Tagen.«

Er steht an die Terrassenbalustrade gelehnt und spürt erst jetzt, dass er vor Kälte zittert. Im Osten zeigt sich erstes graues Licht. Er geht wieder hinein. In gut zwei Stunden wird er – wie jedes Jahr – mit den Kindern zu Bauer Thielen gehen und in der Schonung den Weihnachtsbaum schlagen. In den letzten Jahren hatten sie immer einen Handwagen dabei, um den Baum zu transportieren. In diesem Jahr könnten sie ihn mit einem Schlitten über die Felder ziehen. Mittags würden sie zusammen den Baum schmücken, und um vier Uhr kämen seine Eltern und gingen mit Lina und Leon zum Kindergottesdienst. In der Zeit würde er das Pony abholen und im Garten anbinden, im Keller die Pedale an das neue Mountainbike montieren und dann in seinem Büro die Reiseunterlagen – eine Woche Opernfestspiele in Verona, nur Katja und er – sortieren und einpacken. Später müsste er das Pony zu Thielen in die angemietete Box zurückbringen, und bestimmt würde Lina darauf bestehen, mitzukommen.

Meike war von der Dortmunder Polizei vernommen worden. Man habe 1984 ihre Fingerabdrücke und die einer weiteren Person in der Küche des vermissten Manfred Schorsch sichergestellt. Sie hatte ausgesagt, dass sie sich schwach erinnern könne, während eines Wanderurlaubs in ein heftiges Gewitter geraten zu sein. Sie habe, zusammen mit einem anderen Wanderer, in einem Haus Schutz gesucht und dort auf Einladung des Eigentümers das Ende des Gewitters in der Küche abgewartet.

Erst viel später konfrontierten sie sie mit dem eingeschlagenen Fenster und dem Blut des Manfred Schorsch auf dem Küchenboden.

Während sie sprach, rührte sie in ihrem Tee, sah ihn nicht an. Dann blickte sie auf. »Wir haben alles falsch gemacht, Thomas. Wir hätten damals zur Polizei gehen müssen. Jetzt steht in den Akten: Einbruch. Vermutlich mit Todesfolge für den Hauseigentümer. Seine Leiche wurde nicht gefunden.«

Sein Zorn war plötzlich und heiß gewesen. »*Du* hast seine Einladung, ins Haus zu kommen, angenommen. *Du* wolltest nicht zur Polizei. *Du* hast doch …« Er hätte noch tausend Sätze finden können. Tausend Sätze, die seine Unschuld bezeugen würden. Sätze, die belegen könnten, dass er kein Einbrecher und schon gar kein Mörder war.

Sie war ganz ruhig geblieben und hatte dann mit dieser ihr eigenen Bestimmtheit erklärt: »Hör zu, Thomas! Ich habe denen gesagt, wie es damals war, aber die glauben mir nicht. Die sind der Meinung, wenn es so gewesen wäre, dann hätten wir die Polizei rufen können. Meine Geschichte erkläre auch nicht, wieso Manfred Schorsch seit jener Nacht vermisst wird.«

Sie steckte das Papier zurück in ihre Handtasche. »Ich habe deinen Namen noch nicht genannt, aber mein Anwalt rät mir dringend, das zu tun. Ich bin nur hier, damit … damit du dich vorbereiten kannst.« Während sie ihren Mantel zuknöpfte, flüsterte sie: »Tut mir leid, Thomas, aber du musst das verstehen. Die haben ihre eigenen Vorstellungen davon, was damals passiert ist. Der Einbruch ist verjährt, aber das andere … Ich kann dich nicht weiter decken. Ich hoffe, du verstehst das.«

Er war allein im Restaurant zurückgeblieben, hatte mehrere Minuten gebraucht, bis er verstand, was sie da gesagt hatte, und dann waren die längst vergessenen Bilder in ihm lebendig geworden.

Dieser heiße Sommertag. Sie hatten Felder und eine bewaldete Anhöhe durchquert und waren bereits auf der Landstraße. Laut Landkarte waren es noch gut sechs Kilometer bis zur Jugendherberge, als am frühen Abend ein Gewitter aufzog. So schnell, wie er es noch nie erlebt hatte. Das Unwetter lag über dem Tal, Donner und Blitze folgten unmittelbar aufeinander, und sie waren schon klatschnass, als sie das abgelegene Haus entdeckten. Sie suchten unter dem Vordach Schutz. Kurz darauf öffnete ein Mann die Haustür und bot ihnen an, das Gewitter im Haus abzuwarten. Er hatte abgelehnt, der dürre Kerl wirkte verwahrlost und roch nach Alkohol, aber Meike nahm die Einladung an.

Die Küche war dreckig. Der Mann redete kaum und stand mit einer Flasche Bier an der Spüle, in der sich schmutziges Geschirr stapelte. Er sah Meike mit lauerndem Blick an. Dicke, metallisch blaue Fliegen surrten durch den Raum. Auch Meike fühlte sich in diesem Haus nicht wohl, und als das Gewitter nachließ, bedankten sie sich eilig und gingen zur Tür. Er war mit den beiden Rucksäcken vorausgegangen, seinen auf den Rücken geschnallt, Meikes vor dem Bauch. Als er die Türschwelle überschritt, packte der Mann Meike, zog sie ins Haus zurück und schlug die Tür zu. Sie schrie, und er, Thomas, hämmerte in seiner Hilflosigkeit von draußen gegen das Türblatt. Lange. Viel zu lange. Dann lief er zum Küchenfenster. Meike lag auf dem Fußboden. Ihr Jeansrock war hochgeschoben. Der Mann lag auf ihr, zwischen ihren Beinen.

Unter dem Fenster stand ein rostiger dreibeiniger Grill. Er nahm ihn hoch und schlug damit das Küchenfenster ein, schob seinen Arm ins Innere und öffnete das Fenster. Meike bekam eine der Scherben zu fassen und stieß sie dem Mann in die Seite. Der schrie auf, ließ von ihr ab und rollte von ihr herunter. Sie sprang auf und drehte den Schlüssel in der Tür. Er,

Thomas, schnappte die Rucksäcke, und sie rannten los. Als er sich noch einmal umsah, stand der Mann in der Tür und brüllte hinter ihnen her. Minutenlang waren sie gelaufen.

»Wir müssen zur Polizei gehen«, sagte er, als er endlich wieder zu Atem kam. Er verband ihre blutende Hand mit einem Shirt, das er in Streifen riss, und gab ihr ein Höschen aus dem Rucksack. Wie lange sie beide an diesem Feldrand gesessen hatten, wie lange Meike geweint hatte, wusste er nicht mehr, aber an ihre plötzliche Ruhe erinnerte er sich noch. »Nein, wir gehen nicht zur Polizei«, sagte sie mit Zorn in der Stimme. »Die werden sagen, was läuft die auch in einem kurzen Rock und ärmellosem T-Shirt herum und geht dann auch noch zu einem Fremden ins Haus. Und die werden nichts unternehmen, glaub mir, *die* nicht!«

1984 in einem Dorf in der bayerischen Provinz. Er ahnte, dass sie recht hatte.

Die Herduhr zeigt acht. Katja und die Kinder kommen herunter. Lina und Leon sind aufgeregt, plappern unermüdlich. Gemeinsam decken sie den Frühstückstisch. Immer wieder streicht er den Kindern über den Kopf, am Kühlschrank nimmt er Katja in den Arm und küsst ihre Stirn.

Als Meike gegangen war, saß er noch lange in dem Lokal, überlegte, zur Polizei zu gehen, aber dann entschied er sich, zuerst Simon anzurufen.

Simon Lehners Rechtsanwaltskanzlei und Wohnung lag im Westen der Stadt. Ohne lange zuzuhören, sagte er: »Ich bin noch im Büro. Am besten, du kommst sofort vorbei.«

Simon saß hinter seinem Schreibtisch, auf dem sich links und rechts Akten stapelten, und hörte zu, während Thomas erzählte. Er nickte auf seine ruhige, freundliche Art, so als höre er von ganz alltäglichen Dingen. Das beruhigte. Simon schlug vor, nicht darauf zu warten, dass Meike seinen Namen preisgab, sondern gemeinsam zur Polizei zu gehen.

Drei Stunden dauerte die Protokollaufnahme durch Kommissar Schwarzer, der zwischenzeitlich verschwand, weil die Unterlagen zu dem Fall per Mail aus Dortmund eintrafen und er einige Male mit seinen Kollegen in München telefonierte. Er fragte immer wieder, wo die Leiche vergraben sei.

»Der Mann war nur verletzt. Er hat gelebt. Als wir davonliefen, hat er im Türrahmen gestanden und uns beschimpft«, wiederholte Thomas fast stoisch.

Dann machte Schwarzer Angebote. »Sie waren damals erst achtzehn. Wenn Sie in Notwehr gehandelt haben, und darauf weist Ihre Aussage hin, gibt es eine gute Chance, dass der Vorgang als verjährt betrachtet wird. Aber dazu sollten Sie uns sagen, wo wir die Leiche finden.«

Einen absurden Moment lang dachte er: *Hätte ich ihn doch getötet und vergraben! Dann könnte ich dem Ganzen endlich ein Ende setzen.*

Dann wurde Schwarzer erneut herausgerufen, und als er zurückkam, fragte er noch einmal nach dem zeitlichen Ablauf.

»Es ist am Abend des 21. Juli passiert«, antwortete er, »und am 22. Juli sind wir morgens mit dem ersten Bus bis Miesbach, von dort mit dem Regionalzug nach München und dann nach Köln. Gegen Abend war ich zu Hause.«

Schwarzer sah ihn lange mit hochgezogenen Augenbrauen an und sagte dann: »Sie können vorerst gehen, aber verlassen Sie die Stadt nicht.«

Das war jetzt vier Tage her.

Er ist mit Leon und Lina auf der Terrasse, wo er die Kufen des Schlittens mit Schmirgelpapier vom Rost befreit, als es an der Haustür schellt. Der feine Roststaub rieselt auf den Schnee wie Zimt auf frischen Milchreis. Die sanfte Melodie der Klingel trifft ihn wie ein unerwarteter Hieb.

Katja ruft vom Flur: »Thomas, kommst du mal?« Er hört die Unsicherheit in ihrer Stimme.

Er gibt Leon das Schmirgelpapier und geht zur Tür.

Zwei Polizisten stehen im Flur.

»Herr Spieker, würden Sie uns bitte begleiten?«, sagt einer der beiden höflich.

Thomas zieht seinen Mantel über und versucht, die sorgenvolle Frage in Katjas Blick zu übersehen. Er streicht ihr über die Wange. »Jetzt musst du wohl den Weihnachtsbaum holen«, sagt er, »Bauer Thielen wird ihn sicher für euch fällen. Mach dir keine Sorgen, es geht nur um eine Zeugenaussage, ich bin bald zurück.«

Die Fahrt verläuft still. Nur einmal fragt er den Beamten, ob er jetzt verhaftet sei, und als der Mann »Ich wollte das am Heiligen Abend vor Ihrer Frau nicht sagen«, antwortet, schweigen sie.

Hauptkommissar Schwarzer kommt mit einem grauen Aktendeckel in den kahlen Raum. Er öffnet ihn und schiebt zwei Fotos über den Tisch.

Das erste zeigt ein Skelett auf einer Plane. Die zweite Aufnahme zeigt eine ausgehobene Grube an einem Waldstück. Im Hintergrund, vielleicht zweihundert Meter entfernt: dieses Haus, das er wohl nie vergessen wird.

»Gestern«, sagt Schwarzer, »gestern haben sie ihn ausgegraben. Der Hinweis kam von Frau Anwetten. Es hat also keinen Sinn mehr zu leugnen.«

»Meike? Aber … was hat sie denn gesagt?«, fragt er tonlos.

»Ihre Aussagen liegen nicht weit auseinander, nur das Ende der Geschichte variiert erheblich. Frau Anwetten sagt aus, dass der Mann Sie beide bis zu dem Waldstück verfolgt hat und Sie dann mit einem Ast auf ihn eingeschlagen haben. Anschließend haben Sie aus der Garage des Opfers einen Spaten geholt und Schorsch vergraben. Die Obduktion bleibt noch abzuwarten, aber es ist wohl eindeutig, dass Frau Anwettens Aussage der Wahrheit entspricht.«

»Aber das stimmt nicht. Sie lügt. Warum lügt sie denn? Er hat im Hauseingang gestanden und gelebt. Er hat uns nicht verfolgt.«

»Ach nein? Warum sollte Frau Anwetten das behaupten? Vor allem aber: Woher sollte sie dann gewusst haben, wo er vergraben wurde?«

Er starrt die Tischplatte an, hört Schwarzers schweren Atem. Auf dem Flur ruft jemand etwas. Dazwischen schiebt sich die Stimme von Meikes Mutter.

»Sie besucht eine Freundin in Düsseldorf.«

Und dann hört er Meike sagen: »Die werden nichts unternehmen, glaub mir, die nicht!«

»Weil sie es getan hat«, flüstert er ungläubig. »Weil sie zurückgefahren ist und …«

»Jetzt ist Schluss mit der Märchenstunde«, poltert Schwarzer los. »Was reden Sie denn da? Die Aussage von Frau Anwetten ist plausibel und glaubwürdig! Sie sind nicht am 22. Juli zurück nach Köln gereist, sondern zwei Tage später. Ihre Lügen haben doch keinen Sinn mehr. Geben Sie es endlich zu.«

»Nein. Wir waren am 21. Juli in diesem Haus, und am nächsten Tag, das war ein Dienstag, sind wir nach Hause gefahren. Das ist die Wahrheit!«

»Das kann nicht stimmen, Herr Spieker.« Schwarzer spricht jetzt wieder freundlich. »Manfred Schorsch hat am Mittwoch, dem 23. Juli, in der Sparkasse eine Überweisung ausgestellt und wurde nach Aussage von mehreren Zeugen an dem Tag auch noch gesehen.«

Plötzlich ist alles wie taub. Er überlegt, Katja anzurufen. Er sollte ihr sagen, dass sie um vier Uhr das Pony bei Thielen abholen und die Pedale an Leons Mountainbike anbringen muss. Er sollte ihr sagen, dass die Woche zu den Opernfestspielen in Verona jetzt wohl ins Wasser fällt.

»Wasser!« Er hebt den Kopf und sieht Schwarzer an. »Meike … Frau Anwetten. Sie hat doch, genau wie ich, ausgesagt, dass wir wegen des Gewitters zu dem Haus gegangen sind.«

Schwarzer nickt.

»Und«, Thomas beugt sich vor, »sagt sie auch, dass wir am

nächsten Tag abgereist sind? Ich meine ...«, er schluckt an seiner Aufregung, »es war ein richtiges Unwetter. Es lässt sich doch feststellen, wann das war. Und wenn der Mann am 23. noch gelebt hat, dann ... Der Wetterdienst in München, die müssen so was doch wissen!«

Schwarzer schweigt. Dann steht er auf und geht hinaus. Thomas sieht auf die Uhr.

Katja und die Kinder sind sicher mit dem Weihnachtsbaum schon wieder zu Hause. Wahrscheinlich sind sie längst dabei, ihn zu schmücken.

Manfred Schorsch war am 23. Juli noch gesehen worden.

Meike wusste, wo dieser Schorsch vergraben war.

Sie musste zurückgefahren sein. Kein Besuch bei einer Freundin in Düsseldorf.

Schwarzer kommt zurück. Setzt sich ihm gegenüber.

»Das Unwetter war tatsächlich am 21. Juli. Da passt an der Aussage von Frau Anwetten einiges nicht mehr. Jedenfalls ... Sie können jetzt gehen.«

Thomas nimmt ein Taxi nach Hause. Im Krebsbachtal steigt er aus und geht die restlichen zwei Kilometer zu Fuß durch die Felder. Es riecht nach Schnee. Die klare Winterkälte beißt ihm ins Gesicht. Tränen der Erleichterung laufen ihm über die Wangen. Was für ein großartiges Weihnachtsgeschenk.

Ausgerechnet Blumen

*Variante zu »Mein Onkel Fred«
von Heinrich Böll*

Am Nachmittag hatte er der Zeitung ein Interview gegeben. Die erfolgreichsten Unternehmen der Region wurden vorgestellt, und sie hatten ihn gefragt, wie er es geschafft habe.

»Ausgerechnet Blumen«, hatte der junge Journalist mit leicht ironischem Unterton angefügt, und er, Fred Solbeck, hatte einen feinen Stich in der Magengegend gespürt.

»Fleiß, junger Mann! Harte Arbeit und nach dem Krieg den festen Willen, nicht unterzugehen«, hatte er – den abfälligen Ton seines Gegenübers imitierend – geantwortet.

Als die Reporter endlich gegangen waren, verspürte er für den Rest des Tages eine unangenehme Unruhe. Zunächst meinte er, es sei die respektlose Art des Journalisten gewesen, die ihn geärgert habe, aber je länger er darüber nachdachte, je klarer wurde ihm, dass es seine glatte Antwort war, die ihn störte.

Es war später Abend, seine Angestellten waren längst zu ihren Familien heimgekehrt, und er saß immer noch in seinem Büro im zwölften Stock. Die aktuellen Preislisten der Blumengroßhändler, die er eigentlich durchsehen wollte, lagen ausgebreitet auf dem Schreibtisch, aber er konnte sich nicht auf die Zahlen konzentrieren. Immer wieder hörte er dieses *Ausgerechnet Blumen,* so als stehe jemand neben ihm und flüstere es ihm zu. Und es kam ihm vertraut vor.

Er ging zum Schrank, goss sich einen Glenfiddich ein, stellte sich ans Fenster und blickte auf die Stadt, die jetzt – zwanzig Jahre später – im Schein unzähliger Lichter dalag, als habe es die Kriegsjahre und die grauen Trümmerhaufen nie gegeben.

Ausgerechnet Blumen!

Vor dem Krieg hatte er eine Lehre als Buchhalter in einer Firma gemacht, die Kochtöpfe herstellte. 1943 wurde die Produktion dann auf Stahlhelme umgestellt. Wie stolz er gewesen war. Stolz darauf, dass nun auch er seinen Beitrag für den Sieg des Vaterlandes leisten konnte.

Ein Jahr später trug er selber einen dieser Helme.

Er nahm einen Schluck von seinem Whisky, der sacht auf der Zunge brannte, und gab sich den längst vergessen geglaubten Bildern hin.

Polen im Winter 1944.

Er hockte während eines Angriffs in diesem Schützengraben, links und rechts von ihm duckten sich die Kameraden. Sie wussten, dass die Stellung nicht zu halten war. Er sah diese endlose Reihe aus Stahlhelmen, die sie alle gleich machten, grau und gesichtslos, und die einen so lächerlichen Schutz boten.

Sein Buchhalterstolz aus dem Jahr zuvor beschämte ihn.

Die Granateneinschläge kamen immer näher, und er betete: »Lieber Gott, wenn ich das überleben sollte, dann schwöre ich, mit dem Rest meines Lebens etwas Sinnvolles zu tun.«

Damals hatte er nicht an Blumen gedacht. Damals hatte er an gar nichts Konkretes gedacht, hatte Gott dieses Geschäft angeboten, wie man es in höchster Not eben tut.

Er nahm einen weiteren Schluck aus seinem Glas und lächelte auf die Stadt hinunter.

An das Sofa in der notdürftigen Unterkunft seiner Schwester konnte er sich erinnern. Er war so kraftlos und ohne Zukunftsglauben gewesen, lag wochenlang auf dieser viel zu kurzen Couch, und es war wohl der ungebrochene Lebenswille seines Neffen, der ihn nach und nach ansteckte. Der Junge war es, der auf dem Schwarzmarkt für Lebensmittel sorgte, seine kleinen Geschäfte mit ihm besprach und ihn auf diese Weise teilhaben ließ an dem Leben da draußen.

Er ging zum Schrank, schenkte sich gegen alle Gewohnheit einen zweiten Whisky ein.

Ausgerechnet Blumen.

Seinerzeit war er nur langsam zurückkehrt in die Wirklichkeit.

Er wusste noch, wie er sich zum ersten Mal ans Fenster stellte und dem Jungen nachsah, der sich seinen Weg durch die Steinwüste bahnte, um am Bahnhof kleine Habseligkeiten gegen Brot, Rüben oder Kohlen zu tauschen.

Einige Tage später öffnete er die Kiste, die seine Schwester für ihn aufbewahrt hatte. Die Bücher und die Taschenuhr übergab er seinem Neffen für dessen Tauschgeschäfte. Das Sparbuch und sein Kaufmannsdiplom hielt er noch in den Händen, als er sich wieder ans Fenster stellte und dem Jungen nachblickte.

Und dann entdeckte er sie. Eine junge Frau erklomm unter großen Mühen einen der Schuttberge, und er traute seinen Augen nicht, als er verstand, wofür sie diese Anstrengung auf sich nahm. Oben, zwischen all dem grauen Gestein, blühte in leuchtendem Gelb ein Löwenzahn.

Er stand ganz still, betrachtete Diplom und Sparbuch in seinen Händen und wusste mit einem Mal, was zu tun war.

Und in den ersten Jahren, immer wenn es mit dem Geschäft schwierig wurde, hatte sein Buchhalterverstand geflüstert:

Ausgerechnet Blumen.

Leere Taschen

Vielleicht sollte ich einfach sagen, dass die Welt sich auf den Kopf gestellt hat. Jedenfalls meine Welt. Und dabei ist mir alles aus den Taschen gefallen. So habe ich es unseren Kindern gesagt, aber die haben das nicht verstanden.

Die nicht und der Richter auch nicht.

Jetzt bin ich seit zwei Wochen hier. Haus Waldfrieden. Alles zu meinem Besten, haben sie gesagt. Die Gisela, die hat immerzu geschluckt und die eine und andere Träne verdrückt, das habe ich gesehen. Die hat gewusst, dass das nicht richtig ist.

Freiwillig wäre ich nicht gegangen, aber ich habe dann auch gelogen, habe Giselas Hand genommen und gesagt, dass es schon in Ordnung sei. War ja ein Richter dabei. Und wenn extra ein Richter kommt … Freundlich war der. »Zu Ihrem Besten«, hat der gesagt, und wenn so einer das sagt … Da kann man ja nichts machen.

Ja, wenn Hans jetzt hier wäre, dann sähe alles ganz anders aus. Er hat lange gelitten und ausgehalten wegen mir. Wir haben nie darüber gesprochen, aber ich habe immer gewusst, dass ich die Schwächere bin. Ob ins Pflegeheim oder auf den Friedhof, ich würde vor ihm gehen. Er war bei blendender Gesundheit, ich war die, die ständig kränkelte. Vor zehn Jahren sind wir aus dem vierten Stock ins Parterre gezogen, weil ich die Treppen nicht mehr geschafft habe.

Der Schlaganfall kam ohne jede Vorwarnung und traf mich genauso wie ihn. Als er im Krankenhaus lag, angeschlossen an diese Maschinen, die Lichtlinien und Zahlen auf Bildschirme malten, da habe ich zum ersten Mal gedacht: Was soll aus mir werden, wenn Hans vor mir geht?

Die nächsten Tage und Wochen waren schrecklich. Ich musste Behördengänge erledigen, musste mich um die Post von der Krankenkasse und der Versicherung kümmern und auf der Sparkasse Geldangelegenheiten klären. Ich hatte all das noch nie gemacht, ja, ich wusste nicht einmal, wie viel Miete wir zahlen mussten und an wen. Ich war mit einem Mal ein uraltes Kind.

Hans hat immer alles in die Hand genommen und erledigt. Ich war neunzehn, und er hat mich direkt von zu Hause weggeheiratet. Ich musste mich nur um den Haushalt und später dann um die Kinder kümmern.

Als der Krieg kam und er Soldat werden musste, brachte er mich bei einem Onkel auf dem Land unter. Da lernte ich Melken, Stall- und Feldarbeiten, Kochen für zwölf Personen und Warten auf Hans.

Nach dem Krieg, als er unversehrt heimkehrte, zogen wir wieder in unsere alte Wohnung in die Stadt, die glücklicherweise heile geblieben war. Ich lernte noch, wie man Steine klopft, Lebensmittelmarken tauscht und Schutt wegräumt, aber mehr habe ich nie gelernt.

Ich besuchte Hans jeden Tag im Krankenhaus, wollte die Hoffnung nicht aufgeben, bat ihn immer wieder, mich nicht alleine zu lassen.

Zwischendurch war ich böse auf ihn. Dann habe ich mit dem Finger gedroht und geschimpft. Ich habe ihm den neuesten Klatsch und Tratsch erzählt, habe an seinem Bett gekichert und manchmal auch laut gelacht.

Hinterher sprachen die Schwestern immer ganz vorsichtig und freundlich mit mir. Sie sagten, ich solle nicht jeden Tag kommen, mir ein bisschen Ruhe und Erholung gönnen.

»Nehmen Sie sich Zeit für sich«, rieten sie mir, aber ich wollte keine Zeit für mich und schon gar keine Ruhe. Ich konnte nicht zu Hause bleiben. Die Wohnung war so leer ohne Hans, so leer und totenstill. Ich habe das nicht ertragen.

Hans hat noch fünf Wochen durchgehalten. Einmal – ich habe es genau gesehen – hat er mich angelächelt. Gesprochen hat er nicht mehr, aber das musste er auch nicht. Ich verstand ihn nach fast fünfzig gemeinsamen Jahren auch ohne Worte. In den letzten Tagen wurden seine Augen stumm und glanzlos vor Traurigkeit. Er konnte mir meinen Wunsch, mich nicht alleine zu lassen, nicht erfüllen, sonst hätte er es getan, da bin ich mir sicher.

Ich habe seine Hand gehalten, als er einschlief, um nie wieder aufzuwachen. Ich hielt sie ganz fest, spürte diese kühle Totenkraft und hoffte, dass sie mich einfach mitreißen, die Trennung nicht zulassen würde.

Während ich mit festem Griff nicht zulassen wollte, was unausweichlich war, öffnete sich seine Hand, wurde federleicht und ließ mich für immer alleine.

Die Tage danach waren laut. Voll mit den Stimmen meiner Kinder, des Pfarrers, des Bestatters und den Beileidsbekundungen von Nachbarn und Verwandten. Stühle wurden aus der Küche hinüber ins Wohnzimmer getragen, Geschirr klapperte, und Gisela kochte unentwegt Kaffee. Ich habe diese Zeit als eine Art Dröhnen in Erinnerung, ein dumpfer, immerwährender Ton um mich herum. Sie sollten alle gehen, endlich gehen und dieser sinnlosen Geschäftigkeit ein Ende setzen. Sie sollten bleiben, auf keinen Fall fortgehen und mich alleine zurücklassen.

Die Grabesstille kam am ersten Abend nach der Beerdigung. Sie setzte sich in den Sessel mir gegenüber, und ich wusste, dass das von nun an ihr Platz sein würde.

Ich hielt es nicht lange aus mit dieser Mitbewohnerin. Nach einigen Tagen besprach ich das Problem mit Hans, und siehe da, solange ich ihm etwas erzählte, war die unliebsame Hausgenossin verschwunden.

Von nun an besprach ich alles mit ihm. Ich las ihm die Post von der Rentenversicherung, der Bank oder den Stadtwerken vor, und wir überlegten gemeinsam, was zu tun sei. Wie im Krankenhaus habe ich ihn laut und deutlich angesprochen. Das tat mir gut.

Ich bekochte ihn, kaufte ein, was er gerne mochte, und beim Metzger bat ich um eine schöne Beinscheibe für eine Rindfleischbrühe.

»Für Hans«, habe ich gesagt, »damit der nach der langen Krankheit wieder zu Kräften kommt.«

Der Nachbarin habe ich auf dem Flur gesagt, dass Hans erkältet sei und ich darum alleine einkaufen müsse.

Dann kam meine Tochter, um »mal ernsthaft« mit mir zu reden.

»Vater ist tot, Mama, das weißt du ganz genau«, sagte sie eindringlich.

Natürlich wusste ich das! Aber wie sollte ich ihr erklären, dass ich es in dieser totenstillen Wohnung ohne ihn nicht aushielt?

Die Nachbarn, der Bäcker, die Kassiererin im Supermarkt – ich habe sehr wohl die mitleidigen und manchmal belustigten Blicke bemerkt. Es hat mich nicht gestört. Ganz im Gegenteil. Manchmal haben Hans und ich darüber laut gelacht.

Ich bekam mein Leben wieder in den Griff, kochte und putzte, während Hans die Zeitung las, irgendwelche Kleinigkeiten reparierte oder am Küchentisch saß und mir zuhörte.

Die Katze stand dann an einem Wintermorgen vor unserem Wohnzimmer. Wir wohnten ja im Parterre, und sie maunzte vor der Glastür, die auf die schmale Terrasse führte. Sie sah ganz zerzaust und verfroren aus, aber unterernährt schien sie nicht. Das Fell war stumpf, und sie hatte eine Verletzung am rechten Ohr.

Ich konnte sie doch nicht einfach fortjagen. Sie tat uns leid, und Hans meinte, wir sollten uns um sie kümmern.

Wir nannten sie Strolch, weil sie so verwahrlost aussah, aber nach wenigen Tagen bei unserer guten Pflege und Ernährung passte der Name nicht mehr.

Tagsüber saß sie im Ohrensessel auf Hans' Schoß oder auf der Fensterbank mit Blick über die Terrasse, den Fußweg und weiter bis zum Spielplatz. Manchmal machte ich ihr die Tür auf. Ganz vorsichtig verließ sie dann die Wohnung, blieb aber immer in der Nähe und verlangte bald wieder miauend Einlass.

Und dann, nach zwei Wochen, hatten wir eines Morgens sechs weitere junge Kätzchen. Nackt und zerknittert lagen sie neben Strolch. Wir bauten ihnen ein schönes, warmes Plätzchen neben Hans' Sessel und schauten stundenlang zu, wie Strolch ihre Jungen versorgte. Hans blühte richtig auf. Als die Kleinen erste Gehversuche machten, rückten wir die Möbel zur Seite und schafften Platz. Schon bald tollten sie durch die ganze Wohnung, und wir mussten eine Menge Katzenfutter kaufen. Natürlich waren sie zu Anfang nicht stubenrein. Wir wussten auch nicht, was man machen muss, damit sie das Katzenklo benutzen, und haben erst später erfahren, dass ein Katzenklo für alle nicht reicht.

Die Nachbarn beschwerten sich über den Geruch im Hausflur. Wir machten jeden Tag drei Katzenklos sauber, mehr konnte man doch nicht tun.

Im April kamen unser Sohn und unsere Tochter gemeinsam zu Besuch. Das taten sie eigentlich nur an Weihnachten.

Sie sagten, es gebe Beschwerden vom Vermieter, die Katzen müssten weg. Ich flehte sie an, doch an ihren Vater zu denken. Der liebte die Rasselbande, und seit die Katzen da waren, ging es ihm doch so viel besser. Kaum hatte ich es ausgesprochen, wusste ich, dass ich das besser nicht gesagt hätte.

Am nächsten Tag kamen sie wieder. Ein Richter war dabei. Er fragte dauernd nach Hans.

»Er kommt gleich wieder«, habe ich freundlich geantwortet, »er ist nur gerade einkaufen.«

Jetzt bin ich hier, in diesem Haus Waldfrieden. Alles zu meinem Besten.

Dass Hans die Katzen und sich jetzt alleine versorgen muss, ist das Schlimmste. Er kann doch nicht kochen und putzen. Aber eigentlich wusste ich immer, dass ich vor ihm gehe.

Seine Freundin

Er kannte das. Sie war nicht die Erste. Wie in der Vergangenheit auch, wählte Georg den Tonfall zu begeistert, die Gesten zu groß, zu theatralisch, sprach vom »großen Glücksfall« und nach dem dritten Glas Wein von »großer Liebe«.

Till dachte darüber nach, wie sein Vater wohl ohne das Wort »groß« durchs Leben käme, während er verstohlen Mia betrachtete. Sie war wieder einmal eine »Neue«, eine »endlich Richtige«.

Vor zehn Jahren hatten seine Eltern sich scheiden lassen, und seither verbrachte er alle vierzehn Tage das Wochenende beim Vater. Gleich zu Anfang hatte der Vater ihn gebeten, ihn von nun an Georg zu nennen. Vielleicht war es der Verlust des Wortes »Papa« gewesen, der ihrer Beziehung etwas Fremdes gegeben hatte. Der Vorname wischte die Sicherheit weg, die das vertraute »Papa« gegeben hatte. »Wie Freunde es tun«, hatte der Vater gesagt, und er hatte sich schutzlos gefühlt.

Wenn Georg ihn, wie heute, mitten in der Woche einlud, wusste Till, was kommen würde.

Die ersten beiden Freundinnen des Vaters hatten ihn beunruhigt. Damals war er sieben oder acht gewesen.

Später, bei der dritten oder vierten Freundin, nahm Till es gelassen, gab ihnen insgeheim eine Art Verfallsdatum und freute sich, wenn er richtig getippt hatte.

Mia schätzte er auf Anfang dreißig. In einer engen Jeans, die Beine angewinkelt, saß sie auf der Hollywoodschaukel, die Füße vertrauensvoll nackt wie ihr olivgrüner Blick. Mit hochgestreckten Armen, die Hände fest ums Gestänge geschlossen, schaukelte sie sachte vor und zurück. Er sah ihre glatt rasierten Achseln und die festen Brüste, die sich unter dem ärmellosen T-Shirt wölbten. Das schwarze, volle Haar war im Nacken zusammengesteckt, eine einzelne lange Strähne hatte sich gelöst, lag auf ihrer feucht glänzenden weißen Schulter und malte einen Bogen auf ihren Brustkorb. Sie sprach mit erstaunlich dunkler Stimme.

»Seit fünf Jahren bin ich in Deutschland«, sagte sie. Ihr russischer Akzent rollte die Worte rund und erdig, und er hatte Sorge, sie könnten auf den harten Fliesenboden der Terrasse fallen und zerbrechen.

Georg war, wie jedes Mal, unruhig geschäftig, sorgsam darauf bedacht, Stille zu vermeiden. Er füllte Wein nach, kümmerte sich um den Grill, schnitt Baguette und sprach von einem Urlaub in St. Petersburg. »Mia kann uns die Stadt zeigen und dolmetschen, das würdest du doch tun, Liebes, nicht wahr?«

Bei Mias Vorgängerinnen war Till dem Vater für seinen vermittelnden Eifer dankbar gewesen. Heute störte er ihn.

Sie lächelte. »Das würde ich gerne tun«, sagte sie, und auf ihrer linken Wange bildete sich ein kreisrundes Grübchen, das ihr Gesicht asymmetrisch und verletzlich machte. Dieses Lächeln galt nur ihm. Till senkte errötend den Blick. Mia stand auf und ging zum Grill hinüber. Ihre Füße machten leise Klatschgeräusche auf den Fliesen. Sie ließ es zu, dass Georg sie an sich zog und seinen Mund genau auf die Stelle zwischen Hals und Schulterblatt drückte, an der zuvor die Strähne gelegen hatte. Till schluckte, wandte den Blick ab, suchte Halt und fand ihn an dem Etikett der leeren Weinflaschen: Sauvignon Blanc, Pfalz.

Er hörte sie flüstern, Worte, nur für den Vater. Er wartete darauf, dass sie zurückkam, sich wieder auf die Schaukel setzte, aber das tat sie nicht. Plötzlich wollte er nur fort. Er verabschiedete sich eilig.

»Eine Verabredung mit Freunden in einem Klub«, log er.

Sein Vater war überrascht, nickte dann aber großzügig.

»Versteh ich. In deinem Alter ist man lieber mit Gleichaltrigen zusammen.« Er lachte zu laut und fügte, an Mia gewandt, hinzu: »Wir sind zu alt für diese jungen Leute.«

Sie schwieg und reichte Till zum Abschied die Hand. Er nahm einen feinherben Duft wahr, einen Duft, von dem er meinte, ihn noch nie gerochen zu haben. Gern wäre er näher an sie herangetreten. Der Vater stellte sich zwischen sie, klopfte ihm kameradschaftlich auf die Schulter, wünschte ihm viel Spaß.

Ziellos lief er durch die Altstadt. Der Sommerabend trug die Resthitze des Tages noch in sich. Vor den Restaurants, Cafés und Bars saßen die Menschen draußen, verweigerten die Rückkehr in ihre stickigen Wohnungen, in denen sie doch keinen Schlaf finden würden. Das Stimmengewirr, das Lachen und das Klappern von Geschirr waberte wie ein Geräuschnebel zwischen den Hausfassaden, hüllte ihn ein. Er dachte an olivgrüne Augen, an ein einsames Grübchen und vergaß beides auch in den Tagen danach nicht.

Das Wochenende, das er bei dem Vater verbringen sollte, sagte er ab. Eine Mathearbeit, auf die er sich vorbereiten müsse, redete er sich heraus, und der Vater lobte ihn wegen seines Pflichtbewusstseins, jetzt, vor dem Abitur. Im Hintergrund hörte er kullernde Worte, dann drang wieder die Stimme seines Vaters aus dem Telefon: »Grüße von Mia. Sie sagt, sie findet es schade, dass du nicht kommen kannst«, und ihm brach der Schweiß aus. Das ganze Wochenende über stellte er sich vor, wie sie sich zu ihm hinunterbeugte, die vollen Lippen ganz nah an sein Ohr brachte und wieder und wieder flüsterte: »Ich finde es schade, dass du nicht kommen kannst.«

Am nächsten Tag konnte er sich nicht auf den Physikunterricht konzentrieren und verließ in der ersten Pause die Schule. Sein Vater würde in der Kanzlei sein und vielleicht … vielleicht war sie da.

Je näher er dem Haus kam, desto deutlicher spürte er diese

Aufgeregtheit, dieses innere Wanken zwischen Hoffen und Bangen.

Das Haus schien leer zu sein. Auf dem Sofa im Wohnzimmer lag eine beigefarbene Strickjacke. Er hob sie auf, drückte sein Gesicht hinein und atmete tief ihren Duft ein. Ganz still stand er da und kam sich vor wie ein Dieb. Er stahl ein wenig von ihrem Duft.

»Guten Morgen.«

Erschrocken wirbelte er herum. Sie trug ein weißes Hemd aus dem Sortiment seines Vaters. Nur zwei der Knöpfe waren geschlossen. Er sah das glänzende Schwarz eines Satinslips. Sie lächelte nicht. Ihre grünen Augen wanderten zwischen der Strickjacke in seinen Händen und seinem Gesicht hin und her. Er spürte eine unerträgliche Hitze im Kopf. Noch nie hatte er sich so geschämt. Sie nickte bedächtig, als wolle sie sagen: »So einer bist du also«, dann fuhr sie mit beiden Händen durch ihr offenes zerzaustes Haar und drehte es geschickt zu einem Zopf zusammen, der wie eine Schlange im Hemdausschnitt zwischen ihren Brüsten verschwand. Er schluckte, spürte seine Erektion und betete, sie möge sie nicht bemerken. Seine Augen wanderten ihre nackten Beine hinab zu den Füßen, die ihm vertraut vorkamen, die ihm Halt gaben.

Schweigend standen sie da, er mit hochrotem Kopf, die Strickjacke in der Hand, sie gut zwei Meter von ihm entfernt.

Endlich streckte sie die Hand aus, und er reichte ihr wortlos die Jacke.

Auf ihrer Wange zeigte sich das Grübchen. »Komm mit in die Küche«, forderte sie ihn auf. »Ich brauche einen Kaffee.«

In der Küche schaltete er aus Verlegenheit das Radio ein. Madonna sang, untermalt von sphärischen Klängen, »The Power of Good-Bye«, sang: »Geh fort. Es gibt nichts mehr, was man versuchen kann ... Lerne, dich zu verabschieden«, und für einen Moment meinte er, Mia habe das Lied gewählt, und Madonna singe nur für ihn.

Mia bestückte die Espressomaschine, streckte sich, um Tassen aus dem Oberschrank zu nehmen, beugte sich über die Besteckschublade, drehte sich um und griff nach der Zuckerdose. Wie ein Tanz kamen ihm ihre Bewegungen vor, ein Tanz, nur für ihn. Eine kleine Choreografie für seine Sinne.

Er saß am Tisch, als sie ihm eines der winzigen Porzellantässchen hinstellte und dicht an ihn herantrat. Ihre Oberschenkel berührten ganz absichtslos seinen Arm. Die Jeans war jetzt schmerzhaft eng. Wie selbstverständlich legte sie eine Hand in seinen Nacken und zog seinen Kopf zwischen ihre Brüste. Die Haut war zart, und er wollte nie wieder fort, wollte immer weiter einsinken in den Duft und die Weichheit ihres Körpers. Er legte die Arme um ihre Hüften und zog sie an sich.

So hatte es begonnen. In der Küche hatten sie es zum ersten Mal getan. Der Espresso war kalt geworden, das Hemd des Vaters lag neben seiner Hose auf dem Fußboden.

Sechs Monate lang besuchte er jeden Montagvormittag das Haus seines Vaters, wo Mia ihn erwartete. Sie lehrte ihn alles über das Steigen, Schweben und Fallen, und bald wusste er, dass wider alle Logik der höchste Punkt in der Liebe im Fallen liegt.

Die Begegnungen mit seinem Vater wurden ihm unerträglich, und wann immer er einen Vorwand fand, sagte er die gemeinsamen Wochenenden ab.

An einem verregneten Januarmorgen legte er ihr schließlich seine jugendliche Naivität wie ein Geschenk zu Füßen. Er liebe sie, sagte er, könne ohne sie nicht leben. Er sprach davon, dass er auf das Abitur verzichten, Arbeit und Wohnung suchen würde, plante eine gemeinsame Zukunft, materiell bescheiden und nur der Liebe verpflichtet.

Sie strich ihm durchs Haar. Ihr grüner Blick floh an ihm vorbei zum Fenster hinaus.

Er übersah den Abschied.

Zwei Tage später war sie fort.

»Eine Familienangelegenheit«, sagte der Vater am Telefon, »ein bis zwei Wochen, dann ist sie zurück.«

Später meinte Till, schon während dieses Telefongesprächs gewusst zu haben, dass sie nicht wiederkommen würde.

Während der Vater wie bei Mias Vorgängerinnen bald achselzuckend davon sprach, dass sie eben nicht die »Richtige« gewesen sei, litt Till wie ein Tier.

»Eine unglückliche große Liebe, nicht wahr?«, tönte der Vater in dem unbeholfenen Versuch, ihn zu trösten.

Auf die Frage, warum er ihm das Mädchen denn nie vorgestellt habe, antwortete Till: »Sie war fünfzehn Jahre älter als ich.«

Zum ersten Mal erlebte er den Vater schweigend.

Der Name Mia fiel nie wieder.

Seltene Seerosen

Der Lautsprecher knisterte. »Meine Damen und Herren, in wenigen Minuten erreichen wir Bielefeld Hauptbahnhof. Sie haben Anschluss ...«

Andrej wischte sich die Müdigkeit aus den Augen, gähnte und sah sich suchend um. Ein Industriegebiet zog am Fenster vorbei, auf den Dächern das gelbe Rund der Morgensonne. Er hob den braunen Kunstlederkoffer, den er mit einem Gürtel zusammengebunden hatte, aus dem Gepäcknetz und zog die graue Popelinjacke über. Vor fünfunddreißig Stunden war er in Kiew in den Zug gestiegen. Sein Rücken schmerzte vom ausdauernden Sitzen und Schlafen in unbequemer Haltung. Prüfend griff er in die Brusttasche seiner Jacke, tastete nach seinem Ausweis und dem Brief der Staatsanwaltschaft Bielefeld. Vor einer Woche hatte seine Mutter ihn erhalten. Sie war zum Dorfplatz gelaufen und hatte ihn aus der Telefonzelle angerufen. »Andrej!«, hatte sie in den Hörer gerufen. »Andrej, ein Brief aus Deutschland. Er ist nicht von Larissa. Andrej, du musst sofort kommen und mir übersetzen.«

Er arbeitete als Speditionskaufmann im Hafen von Kiew und hatte erst am späten Abend die vierstündige Fahrt in sein Heimatdorf antreten können. Die Mutter war ihm, den Brief in der Hand, auf der Straße entgegengekommen. In ihren Augen lag Angst, als sie ihm das Schreiben hinstreckte. Sie weinte, als könne sie mit diesen noch grundlosen Tränen einem wirklichen Anlass zur Trauer zuvorkommen, ihn fortspülen. In der kleinen Küche las er die wenigen Zeilen, nahm ihre Hand und nickte ihre Befürchtungen wahr. Ihr Kummer war so groß, so schwer, dass sie vor seinen Augen zu schrumpfen schien. Bis zum Mittag des nächsten Tages sprach sie kein Wort. Dann erst fragte sie.

»Ertrunken«, sagte er. »Tod durch Ertrinken.« Dass in dem Brief auch stand, dass die deutsche Polizei von einem Gewaltverbrechen ausging, sagte er nicht.

Seine Mutter hatte ihn angefleht, nach Deutschland zu fahren. »Sie ist doch deine Schwester. Du kannst doch deutsch.« Mit beiden Händen hatte sie nach seinem Arm gegriffen und geflüstert: »Du musst nachsehen, ob sie ihr ein Grab geben, Andrej. Die Alten sagen, als die Deutschen hier waren, haben sie die Toten einfach in den Wald geworfen!«

Er hatte mit dem Staatsanwalt in Deutschland telefoniert. Nein, die Tote sei noch nicht beerdigt. Ob er kommen könne, um sie zu identifizieren. Die Tote habe sich illegal in Deutschland aufgehalten und als Prostituierte gearbeitet.

»Ein Irrtum!«, hatte er erleichtert ausgerufen. »Das kann nicht meine Schwester sein.« Larissa war vor sechs Wochen als Au-pair nach Deutschland gegangen. Sie hatte eine Aufenthaltsgenehmigung, ein Flugticket über Warschau nach München und die Einladung einer deutschen Gastfamilie bei sich gehabt. Er hatte diese Unterlagen mit eigenen Augen gesehen. Sie war auf keinen Fall illegal in Deutschland gewesen.

Noch am gleichen Tag versuchte er, Kontakt mit der Au-pair-Agentur in Kiew aufzunehmen, die Larissa vermittelt hatte, und erlebte die erste böse Überraschung. Die Agentur gab es nicht, und auch Pjor Ludenko, Larissas Kommilitone, der ihr die Adresse gegeben hatte, war verschwunden und nie eingeschriebener Student an der Universität Kiew gewesen. Pjor, der am Tisch seiner Mutter gesessen und mit ihnen zusammen gegessen und getrunken hatte. Pjor, mit dem sie in der Gartenlaube der Mutter Larissas zwanzigsten Geburtstag gefeiert hatten. Pjor, der Larissa zum Flughafen gefahren hatte.

Andrej hatte seinen Freund Igor bei der Kiewer Polizei angerufen und ihn gebeten, den Flug zu überprüfen. Larissa war nach Warschau geflogen, aber dort verlor sich ihre Spur.

Eines der Messingschlösser an seinem Koffer ließ sich nicht

mehr schließen und begleitete seine Schritte mit einem metallischen Klappern, während er den Bahnsteig in Richtung Ausgang verließ.

Er betrat einen Tunnel, von dem die Aufgänge zu den Bahnsteigen abgingen. Die Schritte der Reisenden hallten von den kahlen Wänden wider. Ein paar Werbeträger brachten ein wenig Farbe in die Kargheit. Grelles Neonlicht nahm alle Schatten, vereinzelte die Ankommenden, lieferte sie aus. Erst oben, in einer Art Halle, gab es kleine Geschäfte und die Hoffnung, doch nicht am Ende der Welt ausgespuckt worden zu sein.

Im Bahnhof kaufte er einen Stadtplan und trat auf den Vorplatz. Es war kurz nach acht. Vor einem wässrig blauen Himmel zeichneten sich die Dachkonturen eines Hotels ab. Dahinter lag, wie er seinem Stadtplan entnahm, die moderne, geschwungene Fassade der Stadthalle. Trotz der frühen Stunde war es angenehm warm.

Staatsanwalt Sattler hatte ihn an Hauptkommissar Thilo Remmers verwiesen. Andrej hatte von Kiew aus mit ihm telefoniert.

Er fand auf dem Stadtplan die Kurt Schumacher-Straße, errechnete den Maßstab und machte sich zu Fuß auf den Weg.

Remmers, Anfang dreißig, bullige Statur, trug Haare und Vollbart millimeterkurz. Als Andrej hereinkam, stand er vom Schreibtisch auf und streckte ihm eine tellergroße Hand entgegen. Er schüttelte Andrejs Hand, sah ihn misstrauisch an und bat um den Ausweis und das Anschreiben der Staatsanwaltschaft. Nachdem er beides eingehend studiert hatte, gab er Daten in seinen PC ein, nickte zufrieden und sagte freundlich: »Entschuldigen Sie, aber wir müssen schon sicher sein, mit wem wir es zu tun haben.« Dann reichte er Andrej die Papiere zurück.

Im Auto, auf dem Weg ins städtische Krankenhaus, sprachen sie wenig. Remmers sagte: »Wir gehen im Fall Ihrer Schwester davon aus, dass es sich um eine osteuropäische

Schlepperbande handelt.« Andrej zuckte zusammen. Sie fuhren in eine Tiefgarage und benutzten einen Aufzug. Andrej spürte, dass er immer noch hoffte, gleich in ein fremdes Gesicht zu schauen.

Aber dann war nur die Blässe fremd. Wie aus grauem Marmor gemeißelt lag sie da. Das grüne Laken war um sie herum festgesteckt, legte sich wie ein perfekt geschnittenes Kleid um ihren wohlgeformten Körper. Ganz sacht strich er über die kalte Haut ihrer Wangen, ihres Mundes. Für einen Augenblick glaubte er, die Berührung müsse das Rot ihrer Lippen zurückbringen.

Noch einmal sah er sie am Tag ihrer Abreise. Das bunte Tuch um den Hals geschlungen. Der beige kurze Mantel, die ausgewaschene Jeans. Mit freudiger Erwartung im Gesicht wickelte sie ihr langes braunes Haar im Nacken um die Hand und band es mit einem Gummi zusammen. Noch einmal sah er, wie er sie vor dem Haus in die Arme nahm, und hörte sie dicht an seinem Ohr flüstern: »Nicht traurig sein, Großer, ich komme doch wieder.«

Er legte seine Wange auf ihre Stirn, und die Totenkälte fiel ihn an, machte ihn unbeweglich und taub. Wie lange er so dagestanden hatte, wusste er nicht. Aus weiter Ferne hörte er Remmers. Was er sagte, rauschte an ihm vorbei, aber die ruhige Stimme zog ihn zurück in diese karge Nacktheit aus Kacheln, Edelstahl und grünen Laken.

Sie fuhren zurück ins Präsidium. Remmers machte Kaffee und organisierte belegte Brötchen. »Sie müssen etwas essen«, sagte er.

Sie redeten zwei Stunden. Andrej erzählte, was er in Kiew herausgefunden hatte. Er schweifte ab und verlor sich in Erinnerungen an eine lebende Larissa. Dass sie Sprachen studiert und in ihrer Freizeit Vorlesungen über russische Literatur besucht hatte. Von ihren unerschütterlichen Plänen, ihr Glück in Europa zu machen.

Immer wieder sah er den Rechtsmediziner das unnatürlich grüne Laken über ihr Gesicht ziehen und tat es ihm gleich. Legte Laken über die alten Bilder.

Er erfuhr, dass die Polizei den Brief der Gasteltern an Larissa in einem abgelegenen Haus in Schildesche gefunden hatte.

»Das BKA hat ein Immobilienbüro mit Sitz in der Schweiz im Visier«, sagte Remmers. »Eine Aktiengesellschaft mit Namen *SwissImmo*. Sie kauft in ganz Deutschland Häuser. Nach wenigen Monaten wird wieder verkauft. Ein unentwegtes Karussell, das kaum zu verfolgen ist. Dort werden die Mädchen untergebracht und von Stadt zu Stadt weiterverschoben.«

Remmers ging zur Übersichtskarte. »Hier haben wir Ihre Schwester gefunden.« Er zeigte auf eine blaue Fläche, auf der das Wort »Obersee« stand. »Und hier«, er wies auf einen breiten Weg unweit des Sees, »liegt das Haus. Der Hinweis kam von einem Spaziergänger, nachdem der Mord an Ihrer Schwester in den Zeitungen stand. Er hat mehrere Male einen Kleinbus beobachtet, mit dem Frauen abgeholt oder ausgeladen wurden. Als wir ankamen, war niemand mehr da und alles penibel gereinigt. Nur den Brief haben sie übersehen. Er klemmte zwischen den Lamellen eines Heizkörpers. Es war die Einladung der Gastfamilie an Ihre Schwester. Diese Familie Lembert gibt es nicht, die Adresse beschränkt sich auf einen Briefkasten. Aber wir hatten einen Namen und eine Anschrift in der Ukraine und nahmen Kontakt mit den dortigen Behörden auf.« Remmers räusperte sich und sah zu Boden. »Dann konnten wir den Namen der Toten zuordnen.«

Andrej dachte über seine Briefe an die Schwester nach. Zweimal hatte er an die Adresse der Gastfamilie geschrieben, hatte Larissa inständig gebeten, sich doch zu melden. Im zweiten Brief hatte er ihr Vorwürfe gemacht, weil die Mutter sich doch sorgte.

Ein kurzer Schmerz.

Wie hatte er denken können, sie habe die Briefe erhalten und sich trotzdem nicht gemeldet? Das hätte sie nie getan. Warum wurde ihm das erst jetzt klar? Warum hatte er das nicht von Anfang an gewusst? Hatte sie nicht gesagt, sie würde sich melden, sobald es ihr möglich sei? Er stöhnte auf und ließ sich auf einen Stuhl fallen. Remmers ging zum Fenster und schwieg.

Andrej riss sich zusammen. »Sie sagten, es gäbe vielleicht einen Zusammenhang mit einem anderen Fall?«

Gemeinsam verließen sie das Büro und gingen über einen Flur in eine Art Konferenzraum. An der Stirnseite befand sich eine Magnetwand mit Fotos und Dokumenten. Darüber stand: *Leichenfund Obersee.*

Andrej fiel sofort auf, dass es zwischen den Tatortfotos zahlreiche Lücken gab; ein Bild von seiner Schwester war nicht dabei. Er sah zu Remmers hinüber. Der nickte ihm zu.

»Ich dachte ... Sie können die Bilder natürlich sehen, aber ich wollte sie nicht einfach so ...«

Andrej ging auf die Fotowand zu. Remmers wies auf eine Bildreihe am äußeren linken Rand. »Wir observieren seit längerer Zeit eine Gruppe polnischer und ukrainischer Geschäftsleute. Einige von ihnen reisen regelmäßig in die Ukraine.«

Es waren mehrere Fotos, die insgesamt acht verschiedene Männer zeigten. »Erkennen Sie einen davon?«

Andrej betrachtete sie genau, schüttelte den Kopf und spürte Enttäuschung in sich aufsteigen. Hatte er wirklich gehofft, Pjor auf den Bildern zu entdecken?

Dann fiel sein Blick auf ein Foto, das offensichtlich in einem Straßencafé in einer belebten Fußgängerzone aufgenommen war. »Café Knigge« stand in roten geschwungenen Lettern an der Fassade. Die Aufmerksamkeit des Fotografen hatte zwei männlichen Gästen an einem der vorderen Tische gegolten. Andrej nahm das Bild von der Wand. Am Tisch dahinter saß eine Frau. Sie war Ende dreißig, trug ein dunkles Kostüm und hatte das blonde Haar kinnlang geschnitten. Das Gesicht hatte er schon mal gesehen. Aber wo?

»Was wissen Sie über diese Frau?«, fragte er.

Remmers sah ihn verblüfft an. »Nichts.« Er nahm Andrej das Bild aus der Hand. »Wir haben nichts über sie. Eine Frau, die einen Kaffee trinkt.«

»Ich habe sie schon mal gesehen.« Andrej zuckte hilflos mit den Schultern. »Es kann nur in Kiew gewesen sein, aber ich weiß nicht mehr, wo.«

Remmers pfiff durch die Zähne und griff zum Telefon auf dem Konferenztisch. Er hielt sich nicht lange mit Vorreden auf. »Ich brauche noch einmal alle Fotos, die vor dem Café gemacht wurden.« Er drehte das Bild um. »Serie 28-506.«

Über eine Stunde brachten sie damit zu, sämtliche Aufnahmen zu sichten. Sechs sortierten sie aus und legten sie, der zeitlichen Abfolge entsprechend, nebeneinander.

12.33 Uhr: Die Frau sitzt vor dem Café an einem Tisch hinter den beiden Männern.

12.46 Uhr: Sie hat den Tisch verlassen und geht ins Café.

12.51 Uhr: Einer der Männer ist ebenfalls aufgestanden und betritt das Café. Der zweite Mann sitzt noch am Tisch.

12.58 Uhr: Der Mann ist aus dem Café zurück und sitzt wieder am Tisch.

13.04 Uhr: Die Frau hat ebenfalls wieder Platz genommen.

13.06 Uhr: Die Frau verlässt das Straßencafé.

»Mist! Dann waren die beiden mindestens sieben Minuten unbeobachtet in dem Café«, schimpfte Remmers.

Gegen Mittag saßen acht Beamte am Konferenztisch. Hauptkommissar Remmers informierte die Kollegen und verteilte Aufgaben. Eine Stunde später waren Andrej und Remmers wieder allein. Andrej holte seinen Stadtplan hervor und bat Remmers, ihm zu zeigen, wo Larissa ertrunken war.

»Ich fahre Sie hin«, sagte der Hauptkommissar. »Ich muss hier auch mal raus.«

Sie fuhren zum Obersee. Andrej, der bei dem Wort »Stausee« das Kiewer Meer vor Augen hatte, war irritiert. Der Obersee war ein Teich, nicht breiter als der Dnjepr an seiner schmalsten Stelle. Die Sonne stand jetzt hoch, sie ließen ihre Jacken im Auto. Die Wege rund um den See waren belebt. Spaziergänger mit Hunden, Jogger und Radfahrer. Auf den Bänken saßen Alte und Mütter, die dem Spiel ihrer Kinder zusahen. Höckerschwäne zogen mit ihren Küken über das Wasser, am Ufer schillerten die grünen Köpfe der Stockentenmännchen in der Sonne. Auf dem Viadukt malte ein Güterzug eilig eine rote Linie.

Remmers führte ihn vom See weg, an eine seichte Stelle der Jölle, kurz bevor sie in den See floss. »Hier«, sagte er. »Sie war bewusstlos, als sie ins Wasser gelegt wurde. Wir haben eine hohe Dosis an Barbituraten nachgewiesen.«

Der schmale Wasserlauf war an beiden Seiten dicht bewachsen, Gräser wiegten sich in einer kaum wahrnehmbaren Strömung. Ein Buchfink tschilpte übermütig in die Stille. Andrej war blind und taub. »Ich melde mich, sobald ich kann«, hörte er Larissa sagen. Immer und immer wieder.

Die Mutter mit ihren Sorgen hatte er beruhigt. »Deutschland ist aufregend«, hatte er Larissas Schweigen erklärt. Aber hatte er das wirklich geglaubt? Mehrmals war ihm der Gedanke durch den Kopf gegangen, sich an die Au-pair-Agentur zu wenden, doch er hatte es nicht getan. Einmal hatte er, einer inneren Unruhe folgend, zum Telefon gegriffen, um bei der Auskunft die Nummer der Lemberts zu erfragen. Dann hatte er wieder aufgelegt und sich hysterisch geschimpft.

Er sah sich mit dem Telefonhörer in der Hand und wusste hier, an diesem schmalen Bach, dass er ihn aus Furcht zurückgelegt hatte. Aus Furcht, eine freundlich monotone Stimme könne seine Vorstellungen von Larissas Glück im fernen Deutschland zerstören.

Auf der Rückfahrt schwiegen sie.

»Ich hätte es wissen müssen«, sagte Andrej in die Stille hinein. »Wenn ich nicht so feige gewesen wäre, könnte sie noch leben.«

Remmers schüttelte energisch den Kopf. »Nein!«, widersprach er mit aller Entschiedenheit. »Machen Sie sich nichts vor. Wir hätten sie nicht gefunden.« Leise fügte er hinzu: »Wir finden sie immer erst, wenn sie tot sind.«

»Was glauben Sie, warum hat man sie getötet?«, fragte Andrej.

»Wir gehen davon aus, dass sie sich gewehrt hat. Vielleicht hat sie versucht zu fliehen.« Remmers räusperte sich. »Sie hatte massive Verletzungen.«

Andrej schnappte nach Luft. Darum also war ihr Körper so fest in das grüne Laken eingewickelt gewesen. Darum also hatte Remmers sämtliche Fotos von Larissa auf der Magnetwand entfernt.

Tränen traten ihm in die Augen.

Zurück im Präsidium, setzte sich Andrej in den Konferenzraum.

Remmers brachte ihm einen Kaffee und fragte: »Haben Sie schon ein Hotel?«

Andrej schüttelte den Kopf. Er verdiente dreitausend Griwna im Monat. Das waren nicht einmal dreihundert Euro. Seine Ersparnisse waren zur Hälfte für die Fahrkarte draufgegangen, und die andere Hälfte würde er für die Rückfahrt brauchen. Er würde schon ein Plätzchen finden, an dem er die Nacht verbringen konnte. Aber das sagte er nicht. Stattdessen lächelte er Remmers an. »Darum kümmere ich mich später.«

Vielleicht war die Frage nach dem Hotel die versteckte Aufforderung, jetzt zu gehen. Aber wo sollte er hin? Was sollte er tun?

Seine Augen wanderten durch den Raum. Auf einem halbhohen Aktenschrank lagen Plastiktüten mit Asservaten. Er ging hinüber und warf einen Blick darauf. Ein verdrecktes blaues Herrenhemd und ein Slip. Die Sachen, die Larissa getragen hatte, als man sie fand. Der Gipsabdruck einer Reifenspur. »Ein Kleinbus«, hatte Remmers gesagt. Zwei Klarsichthüllen. In der einen der Brief, den sie zwischen den Heizkörperlamellen entdeckt hatten. In der anderen der dazugehörige Umschlag.

Andrej nahm den computergeschriebenen Brief, der vor wenigen Wochen angekommen war. Es war warm gewesen, Frühling. Larissa hatte in einem kurzen schwarzen Rock und ärmelloser gelber Bluse an der Küchenzeile in seinem kleinen Apartment gestanden, die Wangen gerötet vor Aufregung.

»Die Einladung, Andrej. Ich habe die Einladung bekommen!«, hatte sie gerufen und den Brief aus der Handtasche gezogen.

Unter »Bis bald. Ihre Familie Lembert« stand jetzt eine handgeschriebene Telefonnummer. 0038044-165168-4. Er ging mit dem Brief zum Tisch und zeigte darauf.

»Das ist Larissas Schrift.«

Remmers nickte. »Die Nummer haben wir überprüft. Sie gehört zur Kiewer Universität.« Er nahm einen Ordner zur Hand und blätterte. »Moment … Ja, hier. Das Sekretariat für Literaturwissenschaften. Wir haben die Auskunft erhalten, dass Ihre Schwester dort im letzten Wintersemester ein Seminar belegt hatte.«

Und dann sah Andrej es noch einmal vor sich. Ein kalter Winterabend. Er hatte zwei Tage frei, und sie wollten zusammen die Mutter besuchen. »Ich habe noch eine Vorlesung über Lermontow. Kannst du mich anschließend abholen?«, hörte er Larissa sagen. Er hatte in der Eingangshalle der Uni gewartet. Ein ganzer Pulk von Menschen war aus einem der Hörsäle gekommen. Larissa hatte noch kurz mit einer Frau gesprochen, ihr zum Abschied die Hand gegeben.

Andrej brach der Schweiß aus.

Die Frau hatte eine Mütze getragen, aber er war sich sicher. Es war ihr Gesicht auf den Observationsfotos. »Irina weiß einfach alles über unsere großen Dichter«, hatte Larissa im Auto geschwärmt.

Er warf die Klarsichthülle mit dem Brief vor Remmers auf den Tisch.

»Sie ist Dozentin.« Er schrie es fast. »Die Frau aus dem Café ist Dozentin an der Kiewer Universität. Ihr Vorname ist Irina.«

Remmers sah ihn skeptisch an.

Andrej zeigte auf die Telefonnummer.

»Sie unterrichtet Literaturwissenschaften. Ich habe sie zusammen mit Larissa in der Universität gesehen.«

Remmers schüttelte ungläubig den Kopf. Andrej sah auf seine Uhr. Halb fünf. Zu Hause war es halb sechs.

»Dürfte ich mit einem Freund bei der Kiewer Polizei telefonieren? Er kann sicher den Nachnamen in Erfahrung bringen.«

Es war 19.00 Uhr, als Igor zurückrief. Die Frau, die das Seminar gegeben hatte, hieß Dr. Irina Sidorowa und war momentan, wie schon in den letzten beiden Jahren, für drei Monate als Gastdozentin an der Universität Bielefeld tätig.

Um kurz nach acht versammelten sich noch einmal mehrere Beamte am Konferenztisch und trugen zusammen, was sie in der letzten Stunde über Irina Sidorowa herausgefunden hatten. Die Stimmung war geradezu euphorisch. »Endlich ein Durchbruch«, hörte Andrej sie sagen, und: »Jetzt kommen wir weiter.« Ab und an klopfte ihm jemand auf die Schulter.

Irina Sidorowa wohnte unterhalb der Sparrenburg, in der Furtwänglerstraße. Das Haus im sogenannten Musikerviertel wurde bereits observiert. Ein Staatsanwalt hatte das Abhören des Telefons vorläufig genehmigt.

Andrejs Magen knurrte. Er hatte Hunger, war erschöpft, und seine Gedanken bildeten ein wirres Knäuel aus losen Enden. Er fürchtete, dass man ihn bald fortschicken würde.

Ein junger Beamter kam herein und legte einen Computerausdruck vor Remmers auf den Tisch. Der nickte zufrieden und las vor: »›Eigentümerin der Wohnung ist eine Schweizerin namens Marina Köpfel, und ...‹«, er sah triumphierend in die Runde, »›sie ist Mitarbeiterin bei der *SwissImmo*.‹« Er stand auf. »Das wird reichen. Ich besorge einen Durchsuchungsbeschluss.«

Remmers' Handy lag auf dem Tisch und krabbelte jetzt brummend auf eine Kaffeetasse zu. Joberg, ein noch recht junger Polizist, griff danach, sah aufs Display und ging ran.

»Wir brauchen keinen Dolmetscher«, hörte Andrej ihn sagen. »Wir haben den Bruder aus Kiew hier, und der spricht ein sehr gutes Deutsch.« Andrejs Magen entspannte sich trotz des Hungers. Sie würden ihn fürs Erste nicht fortschicken. Zusammen mit Joberg ging er eine Etage tiefer in einen kleinen Raum voller Technik. Eine junge Frau saß an einem Computer.

»Geortet habe ich den Empfänger in Kiew Mitte. Genauer geht es nicht«, sagte sie leise. Dann drückte sie eine Taste und spielte das soeben mitgeschnittene Telefongespräch ab.

Irina Sidorowa sprach mit einem Mann.

»Meine Terminplanung hat sich geändert. Ich habe Vorlesungstermine für Budapest. Insgesamt zwölf. In Warschau finden im kommenden Semester keine Vorlesungen statt.«

»Wir haben ein Problem«, antwortete eine Männerstimme.

»Was soll das heißen?«, fragte Irina barsch.

Kurzes Schweigen. Dann sprach der Mann weiter. »Es gibt eine Anfrage an die Fakultät. In Deutschland konnte man die Herkunft einer seltenen Seerose bestimmen.«

Irina zog hörbar die Luft ein. »Wann genau war das?«

»Vor wenigen Stunden.«

Dann war die Leitung tot.

Über die Bedeutung des Gespräches waren sie sich schnell einig: Die Mädchen waren bisher über Polen gekommen, und

Irina wollte, dass sie jetzt über Ungarn einreisten. Anschließend hatte der Mann Irina mitgeteilt, dass Larissa identifiziert war.

Remmers kam mit dem Durchsuchungsbeschluss und bellte Anweisungen: »... und informiert den Kollegen vor dem Haus der Sidorowa, dass sie gewarnt ist.«

Eine Stunde später arbeiteten sich in der Furtwänglerstraße vier Ermittler Stück für Stück durch die gewaltsam geöffnete Wohnung. Irina Sidorowa war fort. Auf dem großen Polsterbett lagen eilig hingeworfene Kleidungsstücke. Die breiten, verspiegelten Schiebetüren der Schrankwand standen offen. Sie musste unmittelbar nach dem Telefongespräch gepackt haben und dann hinten hinaus über die Terrasse entkommen sein.

Die Beamten stellten zweiundzwanzig Ausweise von jungen Frauen sicher. Die Überprüfungen dauerten noch an, aber man wusste bereits von sieben, dass sie in der Ukraine und in Weißrussland als vermisst galten.

Als sie zurückkehrten, war die neue Energie, die die Ermittler durch die konkrete Spur angetrieben hatte, zusammen mit Frau Sidorowa verschwunden. Im Konferenzraum mischten sich Müdigkeit, Zorn und Enttäuschung, sammelten sich wie ein feuchtschwerer Nebel, der auf die Stimmung drückte.

Bei Andrej zeigte die Nachricht von Irinas gelungener Flucht eine andere Wirkung. Kalte Wut.

Remmers bat ihn, sich die Wohnung der Sidorowa anzusehen. »Vielleicht entdecken Sie irgendetwas, wofür uns der Blick fehlt«, sagte er fast flüsternd, als dürfe er diese Hoffnung nicht zu laut aussprechen, als würde sie sich dann auflösen. Immer noch gedämpft, aber jetzt eindringlich, fügte er hinzu: »Wenn sie es zurück in die Ukraine schafft, sind unsere Chancen gleich null, selbst mithilfe von Interpol.«

In der Wohnung standen wenige, aber teure Einzelstücke. Moderne, eher robuste Möbel waren geschmackvoll mit Antiquitäten kombiniert. In dem gut fünfzig Quadratmeter großen Wohnzimmer hingen großformatige Ölgemälde an den Wänden. Verwischte Stadtszenen, auf denen Menschen, mit feinen Strichen angedeutet, das Gefühl von Eile und Vergänglichkeit hervorriefen. Andrej stutzte und trat näher heran.

Er wusste etwas über diese Bilder. Aber was?

Er hatte sie noch nie gesehen, da war er sich sicher.

Er suchte nach der Signatur. In der unteren linken Ecke fand er ein W und ein T.

Er trat zurück und entdeckte im Hintergrund der eigentlichen Szene, stark stilisiert, das Mutter-Heimat-Monument in Kiew.

Und dann sah er sich hinter dem Lenkrad.

An jenem Winterabend, an dem er Larissa von der Universität abgeholt hatte, waren sie über die Rejtarskaya stadtauswärts gefahren. Neben dem Eingang der Galerie Arteast hatte ein überdimensionales Plakat mit einem solchen Bild für eine Ausstellung geworben. Larissa hatte darauf gezeigt, den Namen des Malers genannt und gesagt: »Irina ist mit ihm befreundet.«

Remmers trat auf ihn zu. »Haben Sie etwas entdeckt?«

Andrej zögerte und starrte geistesabwesend auf das Bild. Sein Nein kam ohne Entscheidung, ohne sein Zutun. Remmers' Satz »Wenn sie es zurück in die Ukraine schafft, sind unsere Chancen gleich null« fügte sich in seinem Kopf nahtlos wie ein Widerhall an sein Nein an. Er wollte nach Hause.

Zwei Tage später flog Andrej zurück nach Kiew. Er hatte Remmers seine finanzielle Situation erklärt und sich erkundigt, ob es eine Möglichkeit gebe, Larissa mit in sein Heimatdorf zu nehmen. Als der Polizist ihm am nächsten Tag ein Flugticket und die Überführungspapiere in die Hand drückte, nahm er beides dankbar an.

Andrej fuhr direkt vom Flughafen aus zur Galerie Arteast. Die Ausstellung war seit zwei Monaten beendet, aber im Foyer fand er den Katalog mit der Aufschrift »Kiew im Wandel. Stadtansichten von Wassily Tirmenko« und kaufte ihn. Noch am Nachmittag machte er die Adresse des Künstlers ausfindig und war erstaunt: Tirmenkos Atelier lag im Hafenviertel in einer Seitenstraße, unweit der Spedition, in der Andrej arbeitete. Auf der anderen Straßenseite befand sich eine kleine, schäbige Bar. Hier verbrachten die Hafenarbeiter ihre Abende, und von diesem Tag an wurde die Bar auch Andrejs Stammlokal. Manchmal kam Tirmenko herüber, trank Tee oder Wodka und unterhielt sich mit anderen Gästen. Er war gute siebzig Jahre alt, hatte dürftiges weißes Haar, Kinn und Wangen waren unrasiert. Seine kleinen braunen Knopfaugen blickten aufmerksam.

Irina Sidorowa wurde inzwischen mit internationalem Haftbefehl gesucht. Ab und an rief Andrej Igor im Polizeipräsidium an und erkundigte sich, ob es eine Spur von ihr gab.

Nach fast sechs Wochen – Andrej hatte jeden Abend vor der Bar an einem der vier kleinen blauen Plastiktische auf dem Bürgersteig gesessen und den Eingang des Ateliers beobachtet – kam Wassily Tirmenko auf ihn zu, setzte sich an den Tisch und fragte freundlich: »Was macht ein junger Mann wie Sie jeden Abend in einem solchen Lokal?«

Andrej hatte viel getrunken, um die bleischwere Hoffnungslosigkeit fortzuspülen, die ihn seit Tagen niederdrückte, und erfand halbherzig Gründe. Aber das Bedürfnis zu reden war übermächtig, und obwohl ihm die Sorge, einen großen Fehler zu begehen, schmerzhaft den Magen zusammenschnürte, reihten sich die Worte fast wie von selbst aneinander.

Der Alte hörte zu, während er von Larissa erzählte, von seinen Tagen in Bielefeld und von Irina Sidorowa.

»Sie sind doch befreundet«, warf er dem Alten hin. Der schwieg. Die Minuten füllten sich mit unausgesprochenem Kummer. Aus der Bar sickerten Gesprächsfetzen auf den Bürgersteig, zusammen mit einem schwachen Lichtschein. Als

Andrej den Kopf hob, sah er Tränen in den Knopfaugen des Alten schimmern.

Tirmenko wandte den Kopf ab, schaute hinüber zu seinem Atelier und sagte nachdenklich: »Ich habe lange nichts mehr von ihr gehört.« Dann stand er entschlossen auf. »Ich hole uns noch was zu trinken. Lassen Sie uns in Ruhe überlegen, was zu tun ist.«

Zwei Monate später fand in einer privaten Galerie in der Altstadt eine Vernissage mit den neuesten Werken von Wassily Tirmenko statt. Die Bilder standen nur am Tag der Eröffnung zum Verkauf. In der Zeitung wurde sie groß als die letzte Ausstellung des Künstlers angekündigt, und alle kamen.

Irina Sidorowa war in Begleitung, und Andrej, der mit einem Glas Sekt unruhig auf und ab ging, verschwand augenblicklich, als er Pjor an ihrer Seite erkannte. Sie begrüßte Tirmenko freudig und erstand ein Bild für zweihunderttausend Griwna, das sie bar bezahlte. Als Lieferadresse gab sie die Wohnung eines Freundes an. Sie sei viel unterwegs, erklärte sie lächelnd.

Nach einem zehntägigen Urlaub saß Andrej an seinem Schreibtisch und füllte Papiere für einen Container aus. Die Verladekräne ragten futuristisch vor einem Abendhimmel auf, an dem sich Indigo und Eisengrau vermischten.

16. November 2007, Kiew. Er drückte gerade den Datumsstempel auf eines der Formulare, als das Telefon klingelte. Igor war am Apparat.

»Im Kiewer Wohngebiet Osokorky wurde ein Einbruch gemeldet. Die Wohnung war verlassen, aber anhand der Papiere, die wir dort gefunden haben, gehen wir davon aus, dass sich Irina Sidorowa und Pjor Ludenko unter falschem Namen an dieser Adresse aufgehalten haben. Ich dachte, das interessiert dich.«

Andrej schluckte. Das Herz schlug ihm bis zum Hals.

»Ja, danke. Was werdet ihr jetzt tun? Gibt es einen Hinweis, wo sie hin sind?«

Igor schnaubte. »Nein, die sind weg. Die Wohnung war ein einziges Chaos, alles auf den Kopf gestellt. Da hat jemand was Bestimmtes gesucht.«

Andrej bedankte sich und legte auf. Er schob die Unterlagen für den Schiffscontainer zur Seite, öffnete eine Schublade und nahm einen dünnen Hefter heraus, zusammen mit einem Brief an Remmers. »Anbei finden Sie eine Liste sämtlicher Immobilien, die sich aktuell im Besitz der *SwissImmo* befinden, außerdem eine Namensliste. Die Männer, die sich in Deutschland aufhalten, sind angekreuzt«, fügte er hinzu, dann schob er Hefter und Brief in einen Luftpostumschlag. Anschließend zog er seinen Mantel an und ging auf dem Weg zu der kleinen Bar am Postamt vorbei.

In den nächsten Tagen würde man am Dnjepr die Herkunft zweier seltener Seerosen bestimmen. »Tod durch Ertrinken« würde auf dem Totenschein stehen, und man würde sie als Irina Sidorowa und Pjor Ludenko identifizieren.

Aber das hatte er Remmers nicht geschrieben.

Das Geschenk

Josef und Alma Lange führten ein ruhiges Leben. Das war nicht immer so gewesen. Josef hatte als junger Mann so manche Dummheit begangen und zweimal im Gefängnis gesessen. Almas Eltern – sie kam aus einem gut situierten Beamtenhaushalt – hatten sich gegen die Verbindung gestellt, aber Alma heiratete ihn trotzdem und brachte vier Kinder zur Welt. Und sie hatte diese Entscheidung nie bereut. Sicher, es hatte auch schwere Zeiten gegeben, aber aus Josef war ein anständiger Kerl geworden. Er arbeitete achtundzwanzig Jahre als Lagerist bei Oetker und kümmerte sich fürsorglich um seine Frau und die vier Kinder. Große Sprünge konnten sie nie machen, aber die Kinder bekamen alle eine gute Ausbildung. Kaum dass auch die Jüngste aus dem Haus war, wenige Tage nach seinem fünfzigsten Geburtstag, hatte Josef einen schweren Herzinfarkt erlitten und wurde Frührentner. Seit fünfzehn Jahren lebten sie jetzt von einer bescheidenen Rente. Sie hatten ihr Auskommen, aber als die D-Mark verschwand und der Euro kam, war die Mark nur noch die Hälfte wert, und sie mussten jeden Cent umdrehen.

Josef hatte immer davon geträumt, einmal Ägypten zu bereisen. Die Pyramiden und die Wüste hätte er gerne gesehen. »Die Wüste, Alma. Einmal in diesem Ozean aus Sand stehen«, hatte er gesagt und seither für diese Reise gespart. Auf einem Sparbuch bei der Commerzbank legte er jeden Monat fünfzig Euro an. Er hob das Geld vom Konto bei der Sparkasse ab, fuhr damit in die Stadt und zahlte es bar auf sein Sparbuch bei der Commerzbank ein. Ein Ritual, auf das er den ganzen Monat wartete. Aber dann hatte sich Britta, ihre Jüngste, vor drei Jahren scheiden lassen und saß jetzt mit den beiden Enkeln alleine da. Da fehlte es an allen Ecken und Enden, und so waren die Reiseersparnisse nach und nach in einen Trockner, eine Waschmaschine, Kinderschuhe, Winterjacken und Klassenfahrten geflossen.

Eines Abends saßen sie auf dem schmalen Balkon. Josef legte seinen immer noch kräftigen Arm um ihre Schultern und sagte: »Alma. Unser Ägyptenkonto. Es ist jetzt leer.«

Alma war ganz erstaunt. Nicht weil kein Geld mehr auf dem Konto war, damit hatte sie schon viel eher gerechnet. Eher darüber, dass Josef sie tröstete. Dass er so tat, als wäre Ägypten ihr Herzenswunsch gewesen.

Sie tätschelte ihm zärtlich die Wange.

»Ach, Josef. Hier ist es doch auch schön. Im Frühling machen wir wieder unsere Wanderungen durch den Teutoburger Wald, und wenn ein bisschen Geld übrig ist, fahren wir noch mal ins Wiehengebirge und übernachten ein, zwei Mal in einer Pension.«

Einige Tage später schenkte sie ihm einen Bildband mit dem Titel *Die Schönheit Ägyptens*. Er nahm sie in den Arm, aber das Ritual in der ersten Woche eines jeden Monats, auf das er sich immer gefreut hatte, blieb jetzt aus. Die fünfzig Euro hob er nach wie vor ab, aber sie gingen jetzt direkt an Tochter und Enkelkinder.

Der 22. Dezember war ein Montag und ein eisiger Wintertag. In der Nacht hatte es geschneit, und Josef, der für einen kleinen Obolus leichte Hausmeistertätigkeiten übernommen hatte, begann schon um sieben Uhr in der Früh den Gehweg vor dem Mietshaus in der Spindelstraße freizuschaufeln. Die Meteorologen meldeten für die nächsten Tage weitere Schneefälle. Er fuhr bei solchem Wetter nicht gerne mit dem Auto. Die Straßen waren geräumt, und sie entschieden beim Frühstück, schon heute alle Besorgungen zu erledigen.

Alma schrieb in der Küche die Überweisungen für den Monat. »Einzug und Dauerauftrag«, hatte der junge Mann am Schalter gesagt, aber davon hatte Alma nichts wissen wollen.

Eine junge Frau hatte sogar mal von Online-Banking gesprochen, aber Alma hatte nicht verstanden, was sie damit meinte. Gegen zehn Uhr holte Josef den alten Opel aus der Garage. Alma stellte den Einkaufskorb auf den Rücksitz, und Josef packte die leere Kiste Bier und den Wasserkasten in den Kofferraum. Sie fuhren ins Einkaufszentrum an der Schweriner Straße. Dort konnten sie alles erledigen. Lebensmittel und Getränke im Real, den Lottoschein am Kiosk und die Überweisungen bei der Sparkasse gegenüber. Sonst erledigten sie alle Gänge gemeinsam, aber heute hatten sie es eilig. Graue, tief hängende Schneewolken lagen über Bielefeld. Josef hatte dieses Jahr keine Winterreifen montieren lassen.

»Bei den paar Wintertagen«, hatte er gesagt. »Das Geld können wir nun wirklich sparen.«

Sie teilten sich auf. Alma wollte die Lebensmittel einkaufen und den Lottoschein abgeben, Josef das Leergut wegbringen, die Getränke besorgen und anschließend zur Sparkasse gehen.

Sie waren früh dran, und Josef erledigte den Getränkeeinkauf in zehn Minuten. In der Sparkasse legte er die Überweisungen auf den Schaltertisch. Die Angestellte schaute ihn strafend an. »Entschuldigen Sie, aber dafür gibt es dort einen Kasten.« Ohne sich von ihrem Stuhl zu erheben, zeigte sie mit ausgestrecktem Arm in Richtung Ausgang. »Da steht ›Überweisungen‹ drauf, und da müssen Überweisungen rein.« Dann drehte sie sich wieder ihrem Bildschirm zu und ignorierte ihn.

Josef ging auf den Kasten zu, überlegte einen Augenblick und drehte sich noch einmal um. »Ähm, Fräulein! Wann wird der denn geleert?«

Die Angestellte verdrehte genervt die Augen. »Jeden Abend! Wir leeren ihn je-den A-bend!«, antwortete sie, wobei sie die letzten Silben einzeln betonte.

Jetzt war Josef irritiert. Das interessierte ihn nun doch. »Sagen Sie, wenn Sie den Kasten ohnehin jeden Abend leeren, warum kann ich meine Überweisungen dann nicht bei Ihnen abgeben?«

Die Sparkassenangestellte drehte sich mit ihrem Stuhl um, suchte Blickkontakt zu ihrem Kollegen und zog die linke Augenbraue hoch. »Weil die Überweisungen nun mal in diesem Kasten gesammelt werden. Wir nehmen am Schalter keine Überweisungen mehr entgegen. So einfach ist das.«

Josef nickte stumm vor sich hin.

Wofür brauchte man diese Leute eigentlich noch, wenn man sowieso alles selber machen musste? Er sollte an den Geldautomaten gehen, wenn er Bargeld benötigte, er sollte an den Kontoauszugsdrucker, wenn er seine Kontoauszüge haben wollte, und er sollte an den Einzahlungsautomaten, wenn er Geld einzahlen wollte. Wozu um alles auf der Welt waren dann diese selbstgefälligen, unhöflichen Schnösel und Zicken da?

Josef warf die Überweisungen in den Kasten, holte seine Kundenkarte aus der Brieftasche und ging in den Vorraum, um seine Kontoauszüge zu ziehen.

Die Maschine begann zu rattern. Josef stellte sich vor, wie im Innern eine automatische Schreibmaschine Zahlen und Buchstaben auf die rot geränderten Zettel schlug. Heute dauerte es länger. Die Maschine ratterte und ratterte. Jahresabschluss. Jede Menge Kontoführungsgebühren für den netten Service, dachte er verärgert. Dann wurde es still. Auf dem Display stand: »Bitte entnehmen Sie die Kontoauszüge, es folgen weitere.«

Josef spürte, wie ihm der Schweiß ausbrach. Er entnahm den ersten rot geränderten Stapel und wagte nicht, ihn anzusehen. Was hatte das zu bedeuten? Die Versicherungen konnten das noch nicht sein. Die Überweisungen hatte er doch gerade erst in den Überweisungskasten geworfen.

Endlich war der graue Automat still. Auf der kleinen Anzeige war jetzt zu lesen: »Bitte entnehmen Sie Ihre Karte.«

Josef zog das Plastik aus dem Schlitz. Die restlichen Kontoauszüge, zu einem kleinen, säuberlichen Päckchen formiert, schoben sich oben aus dem Schlitz. Erst jetzt wagte er einen Blick.

Er schaute unten auf die Zeile »Kontostand in EUR nach Rechnungsabschluss: 75.865,23 €.«

Josef starrte die Summe an und schluckte. Er blätterte die Auszüge durch. Lauter Überweisungen ... Zinsgutschriften? Er presste den Papierstapel mit beiden Händen gegen seinen Leib und drehte sich in Richtung Sparkasseneingang. Durch die Glastür sah er die Angestellten in fröhlicher Runde. Abrupt wendete er sich ab.

Nein! Da würde er jetzt nicht hingehen. Diese Schnösel und Zicken schickten ihn sowieso wieder an irgendeinen Automaten, an dem er die Sache dann selber in Ordnung bringen sollte.

»Gehen Sie zum Fehlüberweisungsautomaten, geben Sie die falschen Überweisungen ein und beantragen Sie Rückbuchungen! Jede Buchung kostet Sie einen Euro.«

Pah! Er war doch nicht verrückt. Erst mal weg hier. Alma sagen, dass er die Kontoauszüge vergessen hatte ... falls sie danach fragen sollte.

Josef ging zum Auto zurück.

Alma hatte ihre Einkäufe erledigt und im Auto verstaut. »Mensch, wo bleibst du denn? Wir wollen doch vor dem Schnee zu Hause sein.«

Josef nickte geistesabwesend. »Bin ja schon da.«

Alma erzählte auf der Rückfahrt von Kinderschuhen im Sonderangebot und einem Schneeanzug für Florian, den sie entdeckt hatte. Von Gurken, die inzwischen 1,99 Euro kosteten, und Paprika, das Kilo für 5,99 Euro. »Der Reißverschluss an dem Schneeanzug ist defekt, aber den kann ich reparieren. Ich könnte ihn für fünfzehn Euro haben, hat die Verkäuferin gesagt. Eigentlich soll er 39,90 Euro kosten, aber wegen dem Reißverschluss ...«

Josef unterbrach sie nicht.

Josef schwieg. Alma, diese ehrliche Seele, durfte er auf keinen Fall damit belasten, aber sein Entschluss stand fest. Er wusste nicht, wann er ihn gefasst hatte. Beim kaputten Reißverschluss vielleicht oder bei den Paprika für 5,99 Euro das Kilo. Er würde das Geld in Sicherheit bringen. Schließlich hatte er es nicht gestohlen. Es war ihm überwiesen worden! Zuerst musste er jetzt ganz dringend ein Konto bei einer anderen Bank eröffnen. Das Ägyptensparbuch bei der Commerzbank fiel ihm ein. Kein Konto. Auf das Sparbuch würde er das Geld überweisen. Und dann nach und nach abheben.

Alma schielte ihn von der Seite an. »Was ist los, Josef? Haben wir nichts mehr auf dem Konto? Ist schon wieder alles weg?«

»Alles in Ordnung, Alma. Ich muss nur gleich noch mal los. Ich will schnell in den Baumarkt, die Scharniere für den Schrank kaufen. In den nächsten Tagen habe ich genug Zeit, um ihn endlich zu reparieren.«

»Aber so eilig ist das doch auch nicht. Du solltest bei dem Wetter ...«

Josef schwieg. Alma redete weiter, dabei wusste sie, dass er sowieso machen würde, was er wollte. Irgendwann presste sie die Lippen zusammen, drehte den Kopf zum Seitenfenster und schaute hinaus. Sie würde schweigen, bis er sie aufforderte, wieder mit ihm zu reden. Und das tat sie erst, wenn er sagte: »Alma, du hattest recht. Es tut mir leid. Bist du wieder gut?« Das konnte Stunden dauern, aber sie war geduldig.

Josef schielte zu ihr hinüber. Im Augenblick war es ihm ganz recht, dass sie schwieg. Er musste in Ruhe nachdenken, und wenn was schiefging, konnte er sagen: »Du hast ja nicht mit mir geredet.«

Zu Hause angekommen, trug er den Einkauf in die Wohnung hinauf und die Getränkekisten in den Keller. Dann kehrte er wortlos zu seinem Wagen zurück und fuhr ans andere Ende der Stadt.

Die Frau am Schalter dieser Sparkassenfiliale behandelte ihn auf die gleiche herablassende Art wie ihre Kollegin zwei Stunden zuvor. Er erkundigte sich, welches Formular er benutzen müsse, um von seinem Konto Geld auf sein Sparbuch bei der Commerzbank einzuzahlen. Sie öffnete eine Schublade und reichte ihm einen Überweisungsträger.

»Die finden Sie aber auch an den Stehpulten«, sagte sie mit einem gezwungenen Lächeln und wandte ihm den Rücken zu.

Er füllte den Zettel aus und trug mit leicht zitternden Händen »75.000,00 €« ein. Er spürte, wie sein Herz gegen die Rippen hämmerte. Was würde sie wohl sagen, wenn er ihr die Überweisung gab? Dann fiel es ihm wieder ein. Der Kasten! Er musste das Formular niemandem zeigen. Er konnte es einfach in den Überweisungskasten werfen.

Er sah sich suchend um und entdeckte die graue Box mit der Aufschrift »Überweisungen« links in der Ecke. Noch einmal kontrollierte er die Zahlen. Jetzt bloß keinen Fehler machen! Als er sich vergewissert hatte, dass alles stimmte, schob er den Zettel durch den Schlitz. So ruhig er konnte, verließ er die Bank. Draußen lehnte er sich an sein Auto und atmete mehrere Male tief durch.

Jetzt hieß es geduldig sein und hoffen. Sobald das Geld seinem Sparbuch gutgeschrieben wurde, musste er es abheben, und zwar nach und nach.

Noch am selben Nachmittag reparierte Josef die beiden Schranktüren. Er war unkonzentriert, rechnete den ganzen Tag damit, dass es klingeln könnte und die Polizei vor der Tür stände. Dann schob er den Gedanken beiseite. Nein, so schnell würde das nicht gehen.

Beim Abendessen entschuldigte er sich bei Alma.

»Du hattest recht, Alma. Es war eine Dummheit, bei dem Wetter noch in den Baumarkt zu fahren. Bist du wieder gut?«

Alma nickte und sah ihn wohlwollend mit ihren grauen Augen an. »Du hattest Glück, dass der Schnee ausgeblieben ist«, sagte sie tadelnd.

Den Dienstag verbrachten sie zu Hause. Mittags schellte es. Josef fuhr zusammen. Als Alma an die Tür gehen wollte, hielt er sie zurück. »Ich geh schon.«

Es war Britta mit den Enkeln. Josef war so erleichtert, dass er seine Tochter spontan in den Arm nahm.

Alma zog Britta eine halbe Stunde später beiseite. »Ich mach mir Sorgen um Papa« flüsterte sie ihr zu. »Er ist so unruhig und geistesabwesend.«

Am Mittwochmorgen fuhr Josef wieder in die Stadt. Im Vorraum der Commerzbank sah er sich um. Es musste doch einen Automaten geben, an dem er sein Sparbuch auf den neuesten Stand bringen konnte. Resigniert zuckte er mit den Schultern, ging zur Information, legte sein Sparbuch auf den Tisch und fragte freundlich: »Könnten Sie mir das wohl bitte auf den neuesten Stand bringen?«

Die junge Frau sah ihn leicht genervt an und wies auf ein Schild über dem Schalter. »Hier ist die Information. Sie müssen eine Nummer ziehen und sich am Servicepool anstellen.«

Josef nahm sein Sparbuch, zog die Nummer 84 und fragte eine Kundin, die ebenfalls so einen kleinen Zettel in der Hand hielt, was jetzt zu tun sei.

»Warten«, antwortete sie und zeigte auf eine Tafel, auf der die Nummer 62 aufleuchtete.

Im Hintergrund des »Servicepools« tummelten sich mehrere Angestellte, aber zur Bedienung der Kunden standen nur ein junger Mann und eine Frau zur Verfügung, die offensichtlich völlig überfordert in ihrem Serviceplanschbecken schwammen.

Josef sollte es recht sein. Sicher würde sich keiner der beiden lange mit ihm aufhalten.

Als er endlich an der Reihe war, schob der Angestellte das

Sparbuch in einen Schlitz, und auch jetzt hämmerte eine unsichtbare Schreibmaschine Zahlen und Buchstaben auf das Papier. Aber nur kurz. Erschreckend kurz.

Der Mann zog das Sparbuch heraus. Er stutzte, lächelte Josef freundlich an und sagte: »Einen Augenblick, bitte.« Dann verschwand er mitsamt dem Sparbuch an einen der Schreibtische.

Josef spürte, wie sein Herz aus dem Rhythmus zu kommen drohte. Die Frau hinter dem Schreibtisch erhob sich und kam mit einem zuckersüßen Lächeln auf ihn zu.

»Herr Lange«, flötete sie. »Mein Name ist Wagner. Ich bin Anlageberaterin. Ein hübsches Sümmchen haben Sie da angespart, Herr Lange. Auf einem Sparbuch bringt das aber kaum Zinsen. Ich würde Ihnen gerne einige gewinnbringendere Anlagemöglichkeiten vorstellen.«

Josef erstarrte. Was sollte er jetzt sagen?

Auf der Theke des Servicepools lag ein Werbeprospekt mit der Aufschrift: *Steuern sparen. Renovieren und Handwerkerrechnungen absetzen.*

»Nein, das wird nicht nötig sein. Ich ... ähm, wir wollen renovieren. Wegen der Steuern, verstehen Sie?« Er atmete tief durch. Das hörte sich doch gut an.

»Wie Sie möchten.« Sie knipste ihr Lächeln aus und schob ihm das Sparbuch zu.

»Ich möchte jetzt fünftausend Euro mitnehmen«, sagte er eilig.

»Fünftausend Euro sind kein Problem, Herr Lange. Bei größeren Summen müssten Sie das allerdings vorher anmelden. Wir haben im Interesse unserer Kunden in den Filialen nicht mehr so viel Bargeld vorrätig, das werden Sie sicher verstehen.«

Josef nickte großzügig.

»Verstehe.«

Nach Neujahr eröffnete Josef ein Konto bei der Postbank und kündigte bei der Sparkasse. Den Kontowechsel erklärte er Alma mit niedrigeren Kontoführungsgebühren. Im Laufe der nächsten zwei Monate hob er das Geld nach und nach von dem Sparbuch auf der Commerzbank ab. Mal fünftausend, mal sieben- oder viertausend Euro. Zu Hause verstaute er das Geld in einem alten Koffer auf dem Schlafzimmerschrank, und immer wenn er ein neues Bündel Scheine hineinlegte, sagte er sich: Das sind nur die Zinsen. Trifft also keine Armen!

Er ließ drei weitere Monate ins Land gehen. Nichts tat sich. Seine Rente ging pünktlich auf seinem neuen Konto ein, und Alma füllte jetzt am Monatsanfang die Überweisungsträger der Postbank am Küchentisch aus.

Am 12. Mai nahm er den Koffer vom Schrank, ging zur Volksbank und mietete ein Schließfach.

Am 13. Mai legte er beim Abendessen die Reiseunterlagen für drei Wochen Ägypten auf den Tisch.

Alma starrte ihn entgeistert an.

»Aber …«

Josef rutschte mit seinem Stuhl näher heran und küsste sie auf die Wange.

»Wir haben im Lotto gewonnen, Alma! Wir haben über fünfundsiebzigtausend Euro im Lotto gewonnen.«

Alma schüttelte unsicher den Kopf. »Aber …«

»Kein Aber, Alma. In vierzehn Tagen geht es los!«

Brief an einen Sohn

Christian,
schon die Anrede fällt mir schwer. Zwei Briefbogen habe ich bereits in den Papierkorb geworfen. Auf den ersten hatte ich ganz selbstverständlich »Lieber Christian« geschrieben. Dann erschien mir dieses »Lieber« unangemessen. Auf dem zweiten Bogen stand »Geliebter Sohn«. Das fühlte sich besser an, denn es sagte nichts über dich aus, sondern nur über meine Liebe zu Dir. Aber auch dieses Blatt habe ich zerrissen. Nicht dass ich Dich nicht mehr liebe, aber kaum dass ich die Worte niedergeschrieben hatte, spürte ich Deine Zurückweisung.

Du bist mir fremd geworden. Ich weiß, dass es Dich schmerzt, wenn Du diese Zeilen liest, aber mich trifft dieses Eingeständnis nicht weniger. Auch hier die Hürde der falsch gewählten Worte. Diese Vorsicht, mit der ich Begriffe austausche, an den Sätzen feile, um Missverständnisse zu umgehen. In Wahrheit weiß ich gar nicht, ob es Dich schmerzt. Aber kann ich schreiben: *Ich hoffe, dass es Dich schmerzt. Ich wünsche mir, dass es Dich schmerzt.*

Ich sehe Dich zustimmend nicken. Das würde Deine Sicht unserer gemeinsamen Geschichte untermauern. Du würdest darin nicht meinen Wunsch sehen, dass ich Dir gerne etwas bedeuten würde. Du würdest herauslesen, dass ich Dir Schmerz wünsche. Unsere Gespräche sind, seit Du fünfzehn warst, an den Formulierungen gescheitert. Damals hatte ich den Eindruck, Du suchtest danach. Du suchtest die Sätze nach ihren Schwachstellen ab, um sie zu zerbrechen.

Dein Vater und ich sind immer der Meinung gewesen, dass elterliche Liebe, Bildung und ein intaktes soziales Umfeld einem Kind optimale Entwicklung garantieren. Heute bezweifle ich das.

Oh, ja, ich höre Dich sagen, dass ich es mir mit dieser Überlegung leicht mache. Dass ich versuche, mich meiner Verantwortung zu entziehen. Doch das stimmt nicht. In dem Wort *Verantwortung* steckt das Wort *Antwort*. Ich suche eine Antwort auf die Frage: Habe ich einen Mörder geboren, oder habe ich einen Mörder erzogen?

Aber egal, wie die Antwort ausfällt: Ich fühle mich schuldig. Meine Schuld, Christian, nicht Deine. Deine Schuld ist, und das sei in aller Deutlichkeit gesagt, dass Du mit zweiundzwanzig Jahren ein erwachsener Mann bei geistiger Gesundheit und damit für Deine Tat verantwortlich bist.

Trotzdem möchte ich es gerne verstehen.

Lass uns unsere Erinnerungen nebeneinanderlegen, aufdecken und vergleichen, wie bei einem Memory-Spiel. Erinnerst Du Dich an unsere Memory-Abende? Stundenlang konntest Du dieses Spiel spielen. Du hast fast immer gewonnen. Manchmal hast Du Deinen Geschwistern geholfen, auf Deinen Sieg verzichtet. »Schenk ich dir«, hast Du dann zu Deinem Bruder oder Deiner Schwester gesagt. Ich war gerührt. Später, als Deine Geschwister ohne Deine Hilfe gewinnen konnten, wolltest Du nicht mehr spielen.

Vielleicht finden wir auch jetzt, in unseren Erinnerungen, identische Bilder. Diese Pärchen können wir dann beiseitelegen. Diesmal geht es nicht um den größten Kartenstapel. Lass uns die Karten genauer ansehen, die sich unterscheiden. Die wir rückblickend, jeder auf seine Weise, verändert haben, um sie erträglich zu machen.

Du warst der Erstgeborene. Ein kräftiges, freundliches Kind mit einer fast stoischen Ruhe. »Was für ein liebes Kind«, hörte ich von allen Seiten. »So genügsam.«

Wenn ich Dich zum Spielen in den Laufstall setzte, konntest Du Dich stundenlang alleine beschäftigen. Wenn ich Dich abends in Dein Bettchen legte, musste ich nicht bleiben, bis Du eingeschlafen warst. Dein Plüschmond, in dem eine Spieluhr

»Guten Abend, gute Nacht« spielte, reichte Dir. Nur wenn Du Dir wehgetan hattest, warst Du nicht wiederzuerkennen. Ein Anstoßen oder Hinfallen und Du hast dich über Stunden nicht beruhigt. Dein erstes blutiges Knie war eine Katastrophe. Du hast geschrien und fast bis zur Ohnmacht hyperventiliert.

Als Sebastian zur Welt kam – Du warst drei Jahre alt –, ging Deine Genügsamkeit verloren. Weinerlich hingst Du ständig an meinem Rockzipfel.

Ein halbes Jahr später kamst Du in den Kindergarten. Die ersten Tage waren dramatisch. Du hast geschrien, geweint, geschlagen und Dich zweimal beinahe bewusstlos geatmet. Dann war es vorbei. Es ebbte nicht ab, wurde nicht nach und nach weniger, nein, es war eines Morgens einfach vorbei.

Aus Deiner Kindergartenzeit kann ich mich nur an einen Vorfall – kurz bevor Du in die Schule kamst – erinnern. Du hattest ein dreijähriges Mädchen so verprügelt, dass es im Krankenhaus genäht werden musste, aber Du zeigtest nicht das geringste Unrechtsbewusstsein. »Die hat mich geschubst«, hast Du gesagt.

Du solltest Dich bei dem Mädchen entschuldigen. Kein Wort kam über Deine Lippen. Drei Tage musstest Du am Frühstückstisch sitzen, während die anderen spielten. Dann gaben die Erzieherinnen auf. Aber Du nahmst weiterhin am Frühstückstisch Platz. Als sie Dich drängten, zu den anderen Kindern zu gehen, sagtest du: »Erst müsst ihr euch bei mir entschuldigen.«

Diese Episode wurde noch Wochen später lachend erzählt. Aber Du hast nicht gelacht. Es war Dir ernst, nicht wahr? Bitterer Ernst.

Wie sieht DEINE Karte zu diesem Ereignis aus? Ich denke, sie zeigt Dich. Dich an diesem Frühstückstisch. DEIN großes Leid.

War es damals schon so? Warst Du damals schon ohne jede Empathie? Zeigtest Du damals schon diese Gefühllosigkeit, diese Mitleidlosigkeit, die mir später unerträglich wurde?

Was hast Du empfunden, als Du ihr die Schlinge um den Hals gelegt hast? Hast Du etwas empfunden?

Nein, nein! Ich will es gar nicht wissen.

Ich höre Deinen Vorwurf, und Du hast recht. Ich greife vor. Lass uns die nächste Karte aufnehmen.

Vier Jahre später, in der dritten Klasse der Grundschule.

Du warst ein guter Schüler und durchaus beliebt. Aber lass uns von Jens sprechen. Erinnerst Du Dich an Jens? Wie sieht Deine Erinnerungskarte zu Jens aus? Auf meiner Karte ist er ein Junge, der einfach zur falschen Zeit am falschen Ort war.

Es war ein Freitag. Selbst das weiß ich noch. Ihr hattet Schulschwimmen. Ihr seid um das Becken gerannt und zusammengestoßen.

Du hast ihn fast ersäuft, Christian, erinnerst Du Dich? Mit dem Notarzt musste er abtransportiert werden. Und wieder kein Wort von Dir. Ein Schulterzucken und ein Blick, der zu fragen schien: Wieso regt ihr euch so auf?

Als man Dich zur Strafe vom Schwimmunterricht ausschloss, hast Du bittere Tränen vergossen.

Hier beginnt mein Wegsehen. Ich redete mir ein, es seien Tränen der Reue. Aber ich wusste es besser. Du weintest um Dich. Du weintest, weil man DIR unrecht getan hatte.

Dein Vater fand Erklärungen für den Vorfall. Er meinte, Du hättest »über die Stränge geschlagen«. Die Gefahr falsch eingeschätzt. Du müsstest noch lernen, mit Deinem Zorn und Deiner Kraft umzugehen. Ich glaubte ihm. Nichts wollte ich lieber als ihm glauben.

Zeig mir DEINE Karte zu diesem Ereignis. Sie zeigt wieder Dich, nicht wahr? Einen weinenden, neunjährigen Christian.

Ich finde im Laufe von fünf Jahren ein Mädchen mit einem ausgeschlagenen Zahn, einen Jungen mit einer Platzwunde und einer Gehirnerschütterung, einen anderen mit einem gebrochenen Schlüsselbein und das zerkratzte Auto eines Lehrers. Das hört sich so an, als würde ich mich nur an die schwierigen Augenblicke erinnern. Aber das stimmt nicht. Ich schreibe sehr bewusst »im Laufe von fünf Jahren«, denn zwischen diesen unkontrollierten Wutausbrüchen lagen Monate mit Dir, die ich niemals missen möchte.

Erst jetzt fällt mir auf, wie zurückgezogen Du damals warst. Stundenlang hast Du auf dem Sofa gelegen und gelesen, während ich den Haushalt erledigte. Weder mit Sebastian noch mit Svenja habe ich derart nahe und zugleich stille Stunden erlebt.

Und dann waren da die Mittwochnachmittage. Svenja hatte Klavierstunden und Sebastian Fußballtraining. Ich stellte mein Bügelbrett im Wohnzimmer auf, und wir sahen uns gemeinsam Videos an. Heute sind mir diese Nachmittage ein Gräuel. In den letzten Tagen habe ich häufig darüber nachgedacht, warum deine Anwesenheit damals so beruhigend für mich war. Ich komme nicht umhin zu vermuten: weil ich Dich in dieser Zeit unter Kontrolle hatte.

Tage und Wochen gingen friedlich dahin. Ich schloss die Augen und baute darauf, dass mit zunehmendem Alter und wachsender Vernunft Deine blinden Wutausbrüche verschwinden würden.

Lass uns zur nächsten Karte kommen. Der Karte, die Dein Anwalt zu Deiner Verteidigung anführte, doch er erzählte nur das Ende der Geschichte – und das auch noch geschönt.

Meine Karte heißt Sebastian.

Deine, da bin ich mir sicher, wird einen anderen Titel tragen.

Es war Oktober. Dein Vater und ich waren zusammen mit Svenja auf Omas Geburtstag. Du und Dein Bruder, ihr wart vierzehn und elf, wolltet nicht mit. Als wir abends nach Hause kamen, hast Du auf dem Sofa gesessen und ferngesehen. Du hattest eine Beule. Ich fragte nach Deinem Bruder. Du hast mit den Schultern gezuckt und irgendetwas von »Ich bin doch nicht sein Babysitter« gemurmelt. Wir suchten ihn. Nach drei Stunden war ich außer mir vor Sorge und telefonierte seine Freunde ab. Inzwischen suchtest Du mit. Wir schalteten die Polizei ein. Die Beamten fanden ihn in den frühen Morgenstunden, an einen Baum gebunden, Klebeband auf Augen und Mund, völlig unterkühlt und ohne Bewusstsein.

Ihr hattet herumgebalgt. Dabei hast Du Dir den Kopf an der Tischkante gestoßen. Erst eine Stunde später hast Du ihm die Geschichte von dem Versteck im Wald erzählt und ihn gefragt, ob er es mal sehen wolle. Diese eine Stunde dazwischen war es, die alles veränderte. Diese Stunde und Deine unschuldige Beteiligung an der Suche. Diese Stunde und Dein Satz: »Der hat meinen Kopf auf die Tischkante geknallt.«

Oh, ich weiß, was auf Deiner Karte zu sehen ist. Ich!

Ja, ich habe Dich geschlagen und angeschrien. Ich habe Dich geschüttelt und gesagt, dass ich Dich nie mehr sehen will. In jenen Tagen ist mir klar geworden, dass ich Dich, trotz unserer wunderbaren Nachmittage, nicht kannte. Das war kein spontaner Jähzorn, Christian. Du hast Dir eine Stunde Zeit gelassen. Hast einen Rucksack mit Stricken und Paketband gepackt. Was Du getan hast, hatte eine neue Dimension angenommen. Es war durchdacht und grausam.

Ja, ich habe in jenen Tagen mit Dir gebrochen.

Ich war Dir nicht gewachsen, Christian. Du hast behauptet, wir hätten Dich ein halbes Jahr später in ein Internat »abgeschoben«. Warum hast Du das gesagt? Du bist von der Schule verwiesen worden, weil Du einen Mitschüler mit einem Messer verletzt hast. Du warst intelligent, und wir wollten doch nur, dass Du Deinen Schulabschluss bekommst. Vielleicht hatten wir auch die Hoffnung, dass eine andere Umgebung etwas ändern würde.

Seit dem Vorfall mit Sebastian hatte sich dieses schleichende Gift ängstlicher Vorsicht in unserem Haus ausgebreitet. Gespräche mit Dir waren unendlich anstrengend, endeten immer im Streit. Ich fand nie die richtigen Worte, konnte nichts tun, was Dir genügt hätte.

Erinnerst Du Dich an den Abend, an dem ich Dir sagte: »Aber ich liebe dich doch.«

Du hast erwidert: »Ja, ja. Nicht mal das kannst du ohne ein *Aber* sagen.«

Obwohl Du jedes Wochenende zu Hause warst, vertiefte sich der Graben zwischen uns. Jedes Bemühen meinerseits, Dir wieder näherzukommen, quittiertest Du mit Schweigen und einem Blick, der zu sagen schien: Das reicht nicht!

Ich überwarf mich mit Sebastian, der sich in meinem Bemühen um Dich verraten fühlte.

Ich höre, wie ich damals argumentierte: »Aber er weiß, dass er zu weit gegangen ist. Er hat daraus gelernt. Er bereut es doch.« Dabei wusste ich es besser.

Wenn ich jene Zeit an mir vorüberziehen lasse, spüre ich meine Zweifel in jedem meiner Sätze. Aber ich wollte es glauben. Du warst doch mein Sohn. Diese überlegte Boshaftigkeit konnte nicht Teil Deiner Persönlichkeit sein.

Im Internat kamst du offensichtlich gut zurecht, und Deine Besuche zu Hause wurden seltener.

Ich schäme mich, das zu schreiben, aber ich war froh. Dein Schweigen zermürbte mich. Unter Deinen abfälligen Blicken wurde ich ungeschickt. Ich legte meine Sätze Wort für Wort zurecht, klopfte sie auf Missverständliches ab, bevor ich sie aussprach. Wenn Du sonntags ins Internat zurückkehrtest, war ich erschöpft.

Nach Deinem achtzehnten Geburtstag hatten wir nur noch Kontakt, wenn du Unterschriften oder Papiere für Deine BAföG-Anträge brauchtest.

Erst im Gerichtssaal habe ich erfahren, wie sehr man Dich im Internat gefürchtet hat. Auch dass Du während Deines Studiums zweimal wegen schwerer Körperverletzung verurteilt wurdest, erfuhr ich erst dort.

Oh, ich weiß, was Du jetzt sagen wirst. Wenn ich mich für Dich interessiert hätte, hätte ich davon gewusst. Ich gebe Dir recht. Ich habe keine Fragen mehr gestellt. Ich wollte die Antworten nicht kennen.

Lass uns unsere letzte Karte vergleichen.

Tanja.

Ich habe sie nie kennengelernt. Zwei Jahre wart Ihr ein Paar. Deine Kommilitonen beschrieben Dich als extrem eifersüchtig. Die Aussage einer Flurnachbarin hat mir den Atem verschlagen. Du hast Videofilme ausgeliehen – Kinderfilme! Und dann hast Du von Tanja verlangt, sie solle bügeln und mit Dir die Filme ansehen.

Du hast im Gerichtssaal zu mir hinübergesehen, während die junge Frau sprach. Ganz ruhig. Ganz freundlich. So als wären ihre Worte ein Geschenk an mich.

Mir war übel, Christian.

Du hast Tanja, sechs Monate nachdem sie Dich verlassen hatte, mit einer Angelschnur erdrosselt. Kein Affekt, Christian. Nicht der plötzlich aufwallende Zorn Deiner Kindertage. Du hast sie tagelang verfolgt, die Angelschnur in der Manteltasche. Und als sie sich eines Abends allein von der Disco auf den Heimweg machte, hast Du die Gelegenheit ergriffen.

Nichts hatte sich verändert. Wie nach dem Angriff auf Sebastian hast Du auch im Gerichtssaal geschwiegen. Wie damals schien Dein Blick zu sagen: Sie hat mir wehgetan. Es war ihre Schuld!

Ich weine, Christian. Du wirst die nächsten zehn Jahre im Gefängnis sitzen, und ich weine vor Erleichterung.

Die Welt wird in dieser Zeit sicher sein vor Dir.

Du bist mein Sohn, und ich liebe Dich. Ohne *Aber*.

Ich wünschte mir, sie würden Dich bis an Dein Lebensende einsperren. Und auch das ohne *Aber*.

Hammer Treue

»Dass der das wagt.« Gertrud Bartel flüstert. »Dass der das wirklich wagt.« Die Worte fallen auf die aufgeschlagene Zeitung, die von dem kleinen Küchentisch mit der hellblauen Wachstuchtischdecke nur einen Rand unbedeckt lässt. Neben der Spüle steht die Kaffeemaschine. Auf der Warmhalteplatte wird der vergessene Rest Kaffee in der Glaskanne bitter.

Wie immer ist sie um fünf Uhr aufgestanden, als der Briefschlitz in der Haustür klapperte und die Zeitung auf den Fliesenboden des Flures fiel. Dieses Ende der Nacht, wenn in den Nachbarhäusern noch alle schlafen, ist ihr die liebste Stunde. Aber heute nimmt sie sie nicht wahr, tickt der rote Wecker auf dem Küchenschrank über diese stille Zeit hinweg. Immer wieder wandert ihr Blick zwischen dem Foto und der Bildunterschrift hin und her. Auf dem Bild hat sie ihn erst nicht erkannt, aber darunter steht: »Klaus Lehnert, der in den Sechzigerjahren Hamm verließ und in Italien ein erfolgreiches Transportunternehmen aufbaute, ist zurückgekehrt. ›Ich will meinen Lebensabend mit meiner Frau in Hamm verbringen und mich hier engagieren‹, erklärt der rüstige Privatier, der demnächst mit seiner Frau goldene Hochzeit feiert. Er überreichte für die Sporthallensanierung einen Scheck in Höhe von zehntausend Euro.«

Draußen hat der Tag begonnen. Gertrud hört, wie sich die Schulkinder Am Hämmschen an der Bushaltestelle sammeln, lachen und rufen. Ein sonniger Herbsttag wird das heute werden, und eigentlich müsste sie die letzten Arbeiten im Garten erledigen, aber jetzt erscheint ihr jeder Handgriff sinnlos. Die Lampe über dem Küchentisch brennt noch. Sie steht auf, löscht das Licht und stellt sich ans Fenster. Im Garten muss sie die letzten Kartoffeln ausmachen. Die Rosenkohlstämmchen und der Grünkohl haben noch Zeit. Die brauchen Frost. Flüchtige Gedanken, die unbeachtet vorbeiziehen.

Ihr ganzes Leben hat sie hier Am Hämmschen verbracht. In dieser Häuserzeile, die sich wie eine Reihe kleiner, spitzer Zähne die Straße entlangzieht, hat sie Jahr um Jahr gewartet.

Damals, im November 1960, war er drei Häuser weiter eingezogen, bei der Witwe Bongarts, die Kost und Logis anbot. Klaus Lehnert! Er war Schlosser und hatte auf der Zeche Sachsen angefangen, wo sie als Sekretärin angestellt war. Vierundzwanzig war sie damals, und immer noch ohne Mann. Er sah gut aus und fuhr eine blaue Isetta, um die ihn seine Kollegen beneideten. In den Büros der Verwaltung gab es keine Frau, die nicht von ihm schwärmte. Selbst die Büroleiterin Frau Maschke, die fast fünfzig war, ordnete mit unruhiger Hand ihr Haar, wenn er die Verwaltung betrat. Und dann passierte das Unglaubliche. Er interessierte sich für sie, die unscheinbare Gertrud. Morgens nahm er sie in seiner Isetta mit zur Arbeit, und wenn sie aus dem kleinen Auto ausstieg, genoss sie die Blicke ihrer Kolleginnen. Sie liebte alles an ihm: seine kräftige Gestalt, den Rotschimmer in seinem Haar, seine blauen Augen und das leichte Zucken seines rechten Mundwinkels, bevor er herzlich lachte. Schon im Sommer 1961 verlobten sie sich. Er sprach oft davon, dass sie nach der Hochzeit fortgehen würden.

»In dieser Provinz bleiben wir nicht. Hamburg, Frankfurt oder München. Da will ich mit dir hin.«

Dann nickte sie. Mit ihm wäre sie überall hingegangen.

An den Freitag- und Samstagabenden ging er alleine aus.

»Wenn wir verheiratet sind«, sagte er augenzwinkernd, »ist das vorbei, aber jetzt kannst du mir diese kleine Freiheit ruhig noch lassen. Du bist doch nicht kleinlich, oder?«

Dann schüttelte sie den Kopf. Nein, kleinlich wollte sie nicht sein. Ihre Liebe war groß.

Im Büro trug man ihr zu, dass er an den Wochenenden in

der Gaststätte Berg zum Dienstmädchenball ging und bei Lammers in der Eylertstraße anzutreffen war. Außerdem hieß es, dass er am Bahnhof in der Bar des Café Corso, die unter dem gut beleumundeten Varieté Café Corso lag, verkehrte. Alles Lokale von zweifelhaftem Ruf, in denen freizügige Mädchen und sogar käufliche Frauen ein und aus gingen.

Einmal nahm sie ihren ganzen Mut zusammen und sprach ihn darauf an. Die Schamröte brannte in ihrem Gesicht, und sie wagte es nicht, ihn anzusehen. Aber er lachte nur, legte seine Hand unter ihr Kinn und hob ihren Kopf.

»Aber Trudchen«, sagte er, »die Frauen interessieren mich doch nicht. Ich treffe mich mit Freunden. Du weißt doch, dass ich nur dich liebe.«

Und natürlich wusste sie das.

Die Sonntagnachmittage verbrachte er ausschließlich mit ihr. Sie gingen spazieren, machten Picknick am Kanal, fuhren nach Hamm ins Kino oder besuchten das Varieté Café Corso am Hammer Bahnhof. Dort wurde Livemusik gespielt. In dem eleganten Saal mit den hohen Säulen, den blütenweißen Tischdecken und taubenblau gepolsterten Stühlen fand der sonntägliche Tanztee statt. Wie stolz sie in seinen Armen über die Tanzfläche schwebte! Wie sehr sie die Blicke der anderen Frauen genoss!

Ein Jahr nach ihrer Verlobung legten sie ihren Hochzeitstermin auf den 25. Oktober 1962 fest.

Aber dann kam dieser 3. September. Am Tag zuvor waren sie nachmittags im Capitol-Kino in Hamm gewesen und hatten sich *Ein Pyjama für zwei* mit Doris Day und Rock Hudson angesehen. Anschließend brachte er sie nach Hause. Am nächsten Morgen war sie früh dran, und als sie auf sein Auto zuging, um mit ihm zur Arbeit zu fahren, lud er einen Seesack ein.

»Eine Anstellung in Frankfurt. Da kann ich das Doppelte verdienen«, sagte er. »Hab gestern Abend einen Bekannten getroffen, der da arbeitet. Wir fahren gleich hin. Trudi, das ist unsere ganz große Chance.« Er nahm sie in den Arm. »Ich weiß, dass das jetzt plötzlich kommt, aber wenn du mich liebst, dann musst du mir vertrauen.« Sein herber Geruch, die großen Hände, die sie hielten, sein warmer Atem an ihrem Ohr. Sie vertraute ihm. »Es kann sein, dass ich sofort anfangen muss. Dann bleibe ich dort, besorge uns schon mal eine Wohnung und regele alles.« Seine Stimme war brüchig, und sie meinte herauszuhören, dass ihm der Abschied genauso schwerfiel wie ihr. Er stieg in seine Isetta. Sie stand auf der schmalen Straße, sah zu, wie das Auto kleiner wurde, und versuchte, Ordnung in ihre Gedanken und Gefühle zu bringen. Alles ging so schnell. Aber bald würde sie Frau Lehnert sein und in Frankfurt an Klaus' Seite leben.

Schon zwei Tage später stand Wachtmeister Bönisch abends vor ihrer Tür. »Die Wiegands haben ihre Tochter Renate vermisst gemeldet. Weißt du da was?«

Renate war Lehrling in einer anderen Abteilung auf der Zeche Sachsen, und sie, Gertrud, antwortete aufrichtig: »Nein, da weiß ich nichts.«

Wachtmeister Bönisch sah verlegen zu Boden, als er fragte: »Und dein Verlobter? Es heißt, dass der Klaus auch seit drei Tagen weg ist.«

Da hatte sie gelacht. Laut gelacht. »Der Klaus hat eine neue Arbeit in Frankfurt. Wir heiraten im Oktober, und dann ziehe ich ebenfalls dorthin.« Aber unter dem Lachen hatte sie ihn gespürt. Diesen feinen Stich in der Brust.

Am Freitagnachmittag musste sie auf der Heessener Polizeiwache neben dem Rathaus erscheinen. Sie saß in ihrem hellblauen Sommerkleid mit dem wadenlangen, weiten Rock und den kurzen Puffärmeln auf einem Holzstuhl, und Wachtmeister Bönisch schlug mit beiden Zeigefingern auf die Tasten der Schreibmaschine. Klack … klack … klack. Buchstabe für Buchstabe hämmerte sich ins Papier, für ewig festgeschrieben.

Und sie log. Sie belog Wachtmeister Bönisch und sich selbst. Das Blut schoss ihr in den Kopf, ihr Kleid wurde unter den Achseln nass, und sie meinte, den ungeheuerlichen Verdacht des Polizisten aus jeder seiner Fragen herauszuhören. War Renate zusammen mit Klaus fortgegangen? Die wurde seit Sonntag vermisst. Da war Gertrud mit Klaus im Kino gewesen, und weil sie den Verdacht nicht ertrug, gab sie mit hochrotem Kopf und trockenem Mund zu Protokoll: »Der Klaus hat den Abend und die Nacht mit mir verbracht.« Alles Weitere war ihr dann leichter über die Lippen gegangen. »Nein, er ist nicht mehr fortgegangen … Ja, die Reise nach Frankfurt war schon lange geplant … Nein, seine neue Adresse habe ich noch nicht, aber er wird sich in den nächsten Tagen melden.«

Gertrud schaltet die Kaffeemaschine aus, nimmt eine Schere aus der Schublade und schneidet den Zeitungsartikel aus. Im Bad kämmt sie ihr kurzes graues Haar und cremt sich das Gesicht ein. Die Sommerbräune verstärkt die tiefen Linien um Augen und Mund. Sie zieht eine schwarze Jeans, eine weiße Bluse und die hellgrüne Steppweste an. Dann nimmt sie die Postkarte von damals aus der Schublade des Wohnzimmerschrankes und steckt sie, zusammen mit dem Zeitungsausschnitt, in die Handtasche. In ihrem alten Golf fährt sie nach Hamm.

Das rote Ziegelgebäude des Polizeipräsidiums mit dem Eingang zur Hohen Straße hat sich nicht verändert, aber neue Anbauten sind dazugekommen. Die Steinfiguren an der Fassade, die Löwenköpfe an der schweren Tür, und selbst die dunkelgrün gekachelte Eingangshalle erkennt sie sofort wieder. Damals hatte sie hier gestanden und an ein Aquarium denken müssen.

Zehn Tage nachdem sie auf der Heessener Wache das Protokoll unterschrieben hatte, war die Vorladung aus Hamm gekommen. Da hatte es schon in allen Zeitungen gestanden. Renate Wiegand war am Datteln-Hamm-Kanal, in der Nähe der Hafenstraße, auf einem Stück Brachland gefunden worden.

Alles deutete darauf hin, dass sie von einem Auto überfahren worden war. Der Fahrer hatte die tote Renate im Brachland abgelegt und war geflohen. Natürlich hatte es ihr um Renate leidgetan, und sie hatte sich geschämt. Geschämt, weil sie so erleichtert war. Weil jetzt feststand, dass ihr Klaus nicht mit der Renate durchgebrannt war. Damals war sie mit sicherem Schritt durch diese Halle gegangen, die Postkarte von Klaus in der Tasche. *Geliebte Trudi,* hatte er geschrieben, *ich habe die Anstellung bekommen und musste sofort anfangen. Ich melde mich wieder. Bis bald, Klaus.*

Sie weiß den Weg noch und geht nach rechts. Ein Summer öffnet die Tür zu dem Raum, den sie sofort wiedererkennt. Alles ist wie damals, nur der Tresen ist ein anderer. Der Polizist dahinter ist jung, und jetzt weiß sie nicht recht, wie sie anfangen soll.

»Es geht …« Sie schluckt. »Der tödliche Unfall der Renate Wiegand, wer ist da zuständig?«

Der Polizist zieht die Stirn in Falten. »Wo soll dieser Unfall denn passiert sein?«

»Hier in Hamm.«

»Hier in Hamm?«, wiederholt er und macht große Augen.

»Ja! 1962. Das können Sie nicht wissen. Aber vielleicht Ihre älteren Kollegen. Damals habe ich mit einem Herrn Brücker gesprochen.«

Der junge Mann schüttelt den Kopf. »Gute Frau, das ist über fünfzig Jahre her. Da ist niemand mehr zuständig.«

»Aber … Ich will meine Aussage von damals zurückziehen.« Sie schwitzt. »Ich habe nicht die Wahrheit gesagt, und jetzt …« Sie kramt in ihrer Handtasche nach dem Zeitungsausschnitt, kann ihn nicht gleich finden.

Der Polizist beugt sich vor. »Jetzt beruhigen Sie sich. Eine Falschaussage ist doch schon lange verjährt.« Er betrachtet sie mitleidig. »Sehen Sie, der Vorgang existiert gar nicht mehr. Machen Sie sich mal keine Sorgen.«

Endlich hat sie den Zeitungsauschnitt gefunden, legt ihn auf den Tresen und tippt auf das Foto. »Klaus Lehnert ist wieder da. Das war mein Verlobter. Und ... und jetzt ist er hier.« Kaum dass sie es ausgesprochen hat, sind sie wieder da. Die Lügen von damals. Ihre und seine.

Verlegen wischt sie sich über die feuchten Augen. Der junge Mann schüttelt den Kopf.

»Gute Frau. Das mag ja alles sein, aber was wollen Sie denn jetzt von mir?«

Sie schüttelt ebenfalls den Kopf. »Sie verstehen nicht. Klaus Lehnert hat Renate Wiegand überfahren, aber ich habe behauptet, er sei in der Nacht bei mir gewesen. Und das war gelogen.«

»Warten Sie«, sagt der junge Mann, nimmt den Zeitungsausschnitt und geht damit in einen anderen Raum.

Gertrud wartet. Sie sucht in ihrer Handtasche nach einem Taschentuch und zieht die Postkarte heraus. Die hatte sie damals hier vorgelegt. Weil Klaus von der Polizei gesucht wurde. Weil ein Zeuge behauptet hatte, dass er Klaus am Unfallabend in der Bar unter dem Café Corso gesehen habe.

In einem Büro, rechts den Gang entlang, hatte dieser Kommissar Brücker sie befragt. Hatte ihr immer und immer wieder die gleichen Fragen gestellt. Aber sie war standhaft geblieben.

»Der Klaus ist in der Nacht bei mir gewesen, und er ist auch nicht abgehauen. Er ist in Frankfurt, weil er da eine besser bezahlte Arbeit gefunden hat.« Dann hatte sie die Postkarte auf den Tisch gelegt, und Brücker war für einen Moment verunsichert gewesen. Er drehte die Karte hin und her, sah sich das Bild von der Frankfurter Oper an und las die Zeilen auf der Rückseite.

»Keine Adresse«, sagte er schließlich. »Na gut. Wenn er sich bei Ihnen meldet, informieren Sie mich.«

Geradezu beschwingt war sie damals die Stufen der breiten

Treppe in der Eingangshalle hinuntergelaufen. Alles würde sich aufklären.

Kommissar Brücker rief jeden zweiten Tag im Büro an. Die Gespräche gingen bei Frau Maschke ein, und die rief dann durch das ganze Schreibbüro: »Fräulein Bartel, die Polizei will Sie sprechen!« Vier Wochen ging das so, und Klaus meldete sich nicht. Sie fand Erklärungen. Er hatte viel zu tun. Die neue Arbeit, und sicher wollte er ihr erst schreiben, wenn er eine passende Wohnung gefunden hatte.

Anfang Oktober schrieb sie auf feinstes Büttenpapier in schön geschwungener Handschrift zweiunddreißig Einladungen zur Hochzeit. Sie lagen in blassblauen Umschlägen, fertig adressiert und mit Briefmarken versehen, auf der Kommode in ihrem Zimmer. Da hatte ihr fester Glaube an eine Zukunft als Frau Lehnert wohl schon erste Risse bekommen, denn sie zögerte das Abschicken von Tag zu Tag hinaus. Morgen! Morgen würde er sich melden und sie die Einladungen zur Post bringen.

Wie einen Schutzschild trug sie ihre Zuversicht vor sich her, blendete alle Anzeichen, dass er zur Hochzeit nicht da sein könnte, rundweg aus.

Wann hatte sie aufgegeben? Als selbst der lästige Brücker nicht mehr anrief? Als der letzte Termin für ein rechtzeitiges Aufgebot verstrichen war? Als sie die Einladungen Brief für Brief weinend in den Küchenherd schob? Nein. Selbst da hatte sie noch nach einer Erklärung gesucht und sie gefunden. Der tödliche Unfall!

Einige Tage schaffte sie es noch ins Büro. Wie betäubt erledigte sie ihre Arbeit, hörte die Stille, wenn die Gespräche der Kolleginnen verstummten, sobald sie einen Raum betrat. Das alles berührte sie nicht. Klaus hatte die Renate überfahren. Einen anderen Grund konnte es für sein Schweigen nicht geben.

Sie wurde krank und musste anschließend für sechs Wochen zur Kur an die Nordsee. In dieser Zeit verstand sie, was wirklich passiert war. Die Renate war dem Klaus vors Auto gelaufen, und er hatte in seiner Verzweiflung nicht gewusst, was er tun sollte. Wenn er zur Hochzeit gekommen wäre, hätten sie ihn verhaftet. Das hatte er ihr nicht antun wollen. Er würde sich melden. Wenn Gras über die Sache gewachsen war, würde er sich melden. Und dann wollte sie ihm sagen, dass ihr eine Hochzeit in Hamm nicht wichtig sei, dass sie auch woanders heiraten könnten.

Der Polizist lässt auf sich warten. »Goldene Hochzeit«, hatte in dem Artikel unter dem Bild gestanden. »… der demnächst seine goldene Hochzeit feiert.« Sie rechnet. Aber dann musste er ja schon ein Jahr nach seiner Abreise diese andere Frau geheiratet haben! Während sie auf ihn gewartet hatte, war er …

Der Beamte kommt zurück. »Also, ich habe mich erkundigt und sogar einen pensionierten Kollegen angerufen. Ich kann Ihnen versichern, dass der Fall Renate Wiegand abgeschlossen ist.« Er lächelt ihr aufmunternd zu. »Machen Sie sich also keine Sorgen und fahren Sie nach Hause.«

Sie antwortet nicht. »Goldene Hochzeit«, hämmert es in ihrem Kopf. Er reicht ihr den Zeitungsartikel. »Goldene Hochzeit! Und ich habe gewartet.« Die alte Wunde platzt auf und schmerzt, als läge nicht ein einziger Tag der Heilung dazwischen. Sie steht an ihrem Auto, die Mittagssonne scheint ihr ins Gesicht. »Der Fall ist abgeschlossen«, hört sie den Beamten sagen. Dabei heißt es doch, Liebe verjährt nicht. Nein! Nein, das ist falsch. Mord verjährt nicht. So heißt es. Liebe verjährt.

Sie sieht auf den Zeitungsausschnitt, den sie immer noch in der Hand hält. Das Bild ist zerdrückt von ihrem festen Griff. Darüber steht jetzt eine Bleistiftnotiz. Ostenallee 210. Der Polizist muss das geschrieben haben. Vielleicht hat er Klaus Lehnert überprüft und seine Adresse … Sekundenlang starrt sie auf den ungelenken grauen Schriftzug. Dann hat sie es plötzlich eilig.

Sie fährt über die Hesslerstraße und biegt rechts in die Ostenallee ein. Die alte Villa mit Erker und Rundbogenfenstern hat einen neuen Anstrich bekommen. Am schmiedeeisernen Zaun zur Straße blühen letzte gelbe Rosen. Sie steigt die sechs Stufen zur Haustür hinauf und klingelt. Und dann steht er da. Klaus Lehnert.

»Ja, bitte?« Sie schweigt. Vier, fünf Sekunden vergehen, dann verändert sich sein Blick.

»Gertrud«, flüstert er. Wieder vergehen mehrere Sekunden. Im Vorgarten ruft eine Amsel, ein Auto fährt vorbei. »Wir müssen doch nicht hier draußen stehen. Komm herein.«

Das Wohnzimmer ist groß, die Couchgarnitur aus hellem Leder, die Glasschiebetüren geben den Blick auf einen parkähnlichen Garten frei. Sie hat nur Augen für die Fotos, die in Silberrahmen auf dem Kaminsims stehen. Sie zeigen ihn, seine Frau und zwei Kinder im Laufe von fünfzig Jahren. Ihr Herz hämmert.

»Goldene Hochzeit«, sagt sie. Sie sieht ihn an, sieht in seinem Blick, dass er nicht begreift, wovon sie spricht. Und es ist dieses Nichtverstehen, das sie nicht erträgt. Sie zittert, nimmt die Postkarte aus ihrer Tasche und hält sie ihm hin. »Ich habe dir geglaubt«, sagt sie. Er liest und blickt verlegen auf.

»Gertrud, ich weiß, dass ich mich damals nicht korrekt verhalten habe. Es tut mir leid, aber … irgendwie ist alles anders gekommen.«

Sie lächelt bitter. »Ich weiß. Du musstest weg, weil du Renate Wiegand getötet hast.« Seine Augen weiten sich, er wird blass. »Und ich, ich habe für dich gelogen.« Tränen laufen ihr übers Gesicht, und nur in ihrem Kopf geht der Satz weiter und weiter: »Und ich habe gewartet … und an dich geglaubt … und gewartet … und geglaubt … und gehofft …«

Die Zeit schrumpft, alles verschwimmt. Sie, winkend auf der Straße. Das Klacken der Schreibmaschine auf der Heesener Polizeiwache. Die himmelblauen Briefumschläge. Das Flüstern der Kolleginnen. Die Fotos auf dem Kaminsims. Goldene Hochzeit.

»Aber Gertrud, was redest du denn da? Wer ist Renate Wiegand?«

Sie ringt nach Atem. »Die Frau, die du überfahren und ins Brachland geschleppt hast.«

Wie er sie ansieht. Wie er den Kopf schüttelt. »Gertrud, ich weiß nicht, wovon du sprichst. Ich hab mich damals schäbig verhalten, das stimmt. Aber ich habe Luise kennengelernt und ...«

»... mich verliebt und dich vergessen«, hört sie ihn sagen.

Dass er das wagt. Dass er das wirklich wagt!

Das Kaminbesteck steht neben ihr.

Die Polizei ruft sie eine halbe Stunde später selbst an.

Im Vernehmungsraum sitzt sie an diesem nackten Tisch, der Mann auf der anderen Seite des Tisches ist um die vierzig und hat einen freundlichen Blick.

»Er hat sie überfahren«, sagt sie.

»Aber Sie waren doch heute Morgen hier. Wir haben extra mit einem Kollegen im Ruhestand telefoniert. Der Fahrer des Unfallwagens wurde damals gefasst.«

»Gefasst?«

»Ja. Im November 1962.«

Im November. Da war sie zur Kur gewesen. Ein flüchtiger Gedanke, der, so wie das, was der Mann ihr gegenüber sagt, sofort verfliegt.

»Aber er hat sie vergessen«, flüstert sie.

»Frau Bartel. Wen hat er denn vergessen?«

»Mich«, müsste sie sagen.

Aber sie schweigt.

Gnadenlos

Gestern hat der Prozess gegen die siebzehnjährige Ariane Feister und ihren fünfzehnjährigen Bruder Marius begonnen.

Ariane gab sich im Gerichtssaal genau so, wie ich sie in den Befragungen erlebt habe. Ihr langes braunes Haar war zu einem ordentlichen Pferdeschwanz gebunden. Sie trug einen Rollkragenpullover in kindlichem Rosa, ihr hübsches Gesicht mit dem dezenten Make-up zeigte einen Ausdruck zwischen mädchenhafter Unschuld und Anmaßung. Sie genoss das Blitzlichtgewitter der Journalisten, winkte wie ein Medienstar in die Kameras. Marius saß mit gesenktem Kopf in einem blütenweißen Hemd neben ihr.

Aber lassen Sie mich von vorne beginnen. Lassen Sie mich am Freitag, dem 29. Januar, beginnen.

Es hatte seit drei Tagen ohne Unterlass geschneit. In der Soester Altstadt türmte sich der zur Seite geräumte Schnee in den Gassen zwischen den jahrhundertealten Fachwerkhäusern. An der Rathausstraße entlang des Petrikirchhofs strahlte das karminrote Barockrathaus im gleißenden Winterlicht, nicht weit davon reckten der St.-Patrokli-Dom und die St.-Petri-Kirche ihre schneebedeckten Türme in einen makellos blauen Himmel.

Außerhalb der Stadt herrschte Chaos auf den Straßen. Die Kollegen vom Verkehr waren im Dauerdienst, weil ständig neue Auffahrunfälle gemeldet wurden.

Um 11.04 Uhr ging auf der Polizeiwache der Anruf einer Frau Semmler ein. Das Gespräch zwischen Frau Semmler und Polizeiobermeister Mertens ist als Tonaufzeichnung dokumentiert.

Frau S.: »Ja, hier Semmler. Meine Nachbarin, die Frau Wenning, hat ihren Gehweg nicht geräumt.«
POM Mertens (genervt): »Ts! Das ist doch nicht wahr, oder? Und was sollen wir Ihrer Meinung nach jetzt tun?«
Frau S.: »Ich weiß auch nicht, aber … das ist schon etwas merkwürdig.«
POM Mertens: »Wieso merkwürdig?«
Frau S.: »Bei ihr sind alle Jalousien runter, und das schon länger. Frau Wenning ist aber nicht verreist. Sie ist Lehrerin. Ich habe durch den Briefschlitz geschaut, und da liegt auf dem Boden die Post von mehreren Tagen. Ich meine … da könnte doch was passiert sein, oder?«
POM Mertens: »Woher wissen Sie denn, dass die Frau nicht verreist ist?«
Frau S.: »Wie gesagt, sie ist Lehrerin, und die Ferien sind ja lange vorbei.«
POM Mertens: »Hm. Geben Sie mir mal die Adresse.«
Frau S.: »Ampen, Am Hellweg 68.«
POM Mertens: »Wissen Sie, an welcher Schule sie unterrichtet?«
Anruferin: »Ja natürlich. Am Archigymnasium.«
POM Mertens: »Nun gut. Sobald ein Wagen frei ist, schick ich eine Streife vorbei.«

Dem Einsatzprotokoll des Tages ist zu entnehmen, dass zwei Beamte um 16.22 Uhr am Haus der Frau Wenning in Ampen eintrafen, sich umsahen und nichts Verdächtiges bemerkten. Sie sprachen mit der Nachbarin und versuchten, Kontakt mit dem Archigymnasium aufzunehmen, erreichten dort aber niemanden mehr.

Dann kam das Wochenende.

Der Vorgang enthält die Notiz: *Montag Sekretariat Archigymnasium anrufen.*

Dieser Anruf erfolgte am 1. Februar um 9.32 Uhr. Der Kollege erhielt die Auskunft, dass Frau Wenning seit Montag, dem 22. Januar, krankgeschrieben sei und erst am nächsten Tag, dem 2. Februar, wieder zum Unterricht käme.

Auch das ist ordnungsgemäß vermerkt.

Aufgrund dieses Telefonates meldete sich das Sekretariat der Schule am Dienstag und teilte mit, dass Frau Wenning nicht zum Unterricht erschienen und man wegen des Anrufes vom Tag zuvor nun doch beunruhigt sei.

Vielleicht fragen Sie sich, warum ich Ihnen davon erzähle, aber es wird zu einem späteren Zeitpunkt von Bedeutung sein.

Wieder fuhr ein Streifenwagen zum Haus der Frau Wenning. Wieder klingelten die Beamten mehrfach. Der Gehweg, die Zufahrt zum Haus, der Garten – alles lag unter einer frischen, unberührten Schneedecke. Die Beamten schafften es, eine der Jalousien anzuheben, und stellten fest, dass im Haus Licht brannte.

Die Haustür wurde um 12.18 Uhr von einem Schlüsseldienst geöffnet, und wir vom Ermittlungsdienst (EMD) übernahmen gegen 14.00 Uhr.

Im Flur lagen die Post und die Zeitungen mehrerer Tage. In der Küche waren offene Lebensmittel auf der Arbeitsfläche verstreut. Eine Packung Eier, Zucker, die Reste einer ausgepressten Zitrone, angerührter Teig und geschälte, faulende Äpfel. Auf einem Backblech fanden sich anbrannte Kekse, der Fußboden war voller Mehl. Im Wohnzimmer standen die Schranktüren auf, offenbar hatte man es durchsucht. Versicherungsunterlagen, ein ledernes, mit rotem Samt ausgeschlagenes Schmuckköfferchen und einzelne Schmuckstücke lagen auf dem Boden. Wir gingen hinauf ins Schlafzimmer.

Brigitte Wenning lag auf dem Rücken auf dem Bett. Das Zimmer war überhitzt. Sie trug eine karierte Bluse, ihr Wollrock war bis zur Hüfte hochgerutscht. Am Fußende lag ein blauer Plastiksack, den sie wohl weggestrampelt hatte. Das Bett war mit Urin getränkt und kotverschmiert. Man hatte ihr den Mund mit Paketband verklebt und die Arme mit blassgelben Bändern, die zu den Organzavorhängen gehörten, an die Bettpfosten gefesselt. Leere Plastikwasserflaschen waren auf dem Fußboden verstreut, ein Teller mit angebrannten Plätzchen stand auf dem Nachttisch. Auf einem Stuhl schimmelten Pizzareste in flachen Kartons. Der Verwesungsgeruch, den wir schon unten bemerkt hatten, war hier unerträglich.

Ich weiß noch, dass ich die Jalousie hochzog, das Fenster weit öffnete und gierig die klare, kalte Luft einatmete. Lange stand ich so da und ließ den Blick über die Soester Oberbörde schweifen. Eine Obstwiese am Dorfrand und dahinter die stille Weite der Felder. Aus den Schornsteinen der Nachbarhäuser kräuselten sich feine Rauchfahnen, an den Dachrinnen spielten Eiszapfen wie Prismen mit dem Sonnenlicht. Ein Winterfriede, wie man ihn auf Postkarten findet, und ich wollte so stehen bleiben, wollte mich nicht umdrehen und sehen, wie trügerisch diese Idylle war. Eine hungrige Krähe schrie. Der krächzende Laut zerschnitt die Luft, wanderte weit über den Ort hinaus, irrte haltlos über das flache Land.

Christian Schreiber, unser Pathologe, den wir hinzugerufen hatten, stellte sich neben mich. »Eine Platzwunde am Hinterkopf, aber die ist nicht die Todesursache. Sieht so aus, als sei sie verdurstet«, flüsterte er. Und noch etwas sagte er. »Gnadenlos.«

Das Wort hat mich später, während der Verhöre von Ariane und Marius, immer wieder eingeholt. Ausgesprochen habe ich es nie. Ich fürchte mich vor diesem Wort.

Die Obduktion ergab, dass Frau Wenning in der Nacht vom 31. Januar auf den 1. Februar verstorben war, und als uns die Streifenkollegen die Meldung der Frau Semmler vom 29. Januar mailten, herrschte im Büro minutenlanges Schweigen. Natürlich war der ganze Vorgang formal korrekt abgelaufen, aber in solchen Augenblicken spielt das keine Rolle. In solchen Augenblicken weiß man, dass sich die beiden jungen Kollegen, die an jenem Tag zu Brigitte Wennings Haus gefahren waren, ihr Leben lang fragen werden, ob sie etwas übersehen hatten, ob sie sich anderweitig hätten bemühen müssen, als sie in der Schule niemanden mehr erreichten. In Gedanken werden sie noch Jahre später auf dieses Haus zugehen. Sie werden schellen, rufen und die Eingänge nach Einbruchsspuren absuchen, so wie sie es an jenem Tag getan hatten. Aber jetzt wird es anders sein. Jetzt werden sie es mit dem Wissen tun, dass im Haus eine Frau verdurstete, und der Geschmack von Versagen wird bitter auf ihren Zungen liegen.

Sie werden diese Sätze, die mit einem »Wenn« beginnen und die sich im Laufe unseres Lebens in uns ansammeln, immer wieder neu formulieren. Sinnlose Gedankenspiele, und doch denken wir in solchen Situationen alle das Gleiche. Wir denken: »Wenn ich dieses oder jenes gesagt oder getan hätte, dann wäre ..., dann hätte ..., dann könnte ...«

Die Routine begann. Spurensicherung, Überprüfung des Festnetzes, des Handys, der Konten. Befragung von Nachbarn, Verwandten, Freunden und Kollegen. Es stellte sich heraus, dass am 27. Januar in der Sparkassenfiliale Märkische Straße hundert Euro vom Girokonto abgehoben worden waren. Die Aufzeichnungen der dortigen Videoüberwachung zeigten einen jungen Mann, das Gesicht von einer Kapuze verdeckt. Doch der Täter hatte nicht bedacht, dass es seine auffällige Snowboardjacke aus den USA auf dem deutschen Markt nicht zu kaufen gab. Die Befragung mehrerer Jugendlicher führte zu dem fünfzehnjährigen Marius Feister, dem das teure Stück zugeordnet werden konnte. Er war Schüler des Archigymnasiums, Frau Wenning hatte in seiner Klasse Deutsch und Geschichte unterrichtet. Die zahlreichen Fingerabdrücke im Haus des Opfers bestätigten den Verdacht, wiesen aber auch darauf hin, dass eine zweite Person an der Tat beteiligt war.

Als Marius im Verhörraum das erste Mal vor mir saß – ein großer, schmächtiger Jungen mit den Zeichen der Pubertät im Gesicht –, war es mir nicht möglich, ihn mit der gequälten Gestalt auf dem Bett in Verbindung zu bringen. Er gehörte zu den besten Schülern seines Jahrgangs, wohnte in einem angesehenen Wohnviertel, sein Vater war Chirurg und seine Mutter Literaturwissenschaftlerin. Frau Feister arbeitete sporadisch als Lektorin von zu Hause aus, kümmerte sich aber in erster Linie um die beiden Kinder Ariane und Marius. Sie engagierte sich in der Schulpflegschaft und im Kunstverein.

Marius sagte kein Wort, und als seine Mutter mit einem Anwalt eintraf, bekam er einen Asthmaanfall. Frau Feister war außer sich, sprach von psychischen Schäden, die ihr Sohn aufgrund der Verhaftung und des ungeheuerlichen Verdachtes davontragen würde, und drohte mit einem Nachspiel in der Presse. Die erdrückende Beweislast gegen Marius blendete sie aus.

Parallel zu den Verhören überprüften wir sein Umfeld, befragten Mitschüler und Lehrer. Herr Reiner, der Marius vor Frau Wenning in Deutsch unterrichtet hatte, wusste von einem Streit der beiden.

In den Akten ist folgende Aussage festgehalten:

Bertram Reiner: »Frau Wenning konnte Marius nachweisen, dass er seine Hausarbeit im Internet gekauft hatte, und gab ihm eine glatte Sechs. Das hat für einigen Aufruhr an der Schule gesorgt. Frau Wenning hatte den Ruf, ihre ganze Freizeit mit solchen Internetrecherchen zu verbringen.«

Auffällig war, dass alle Befragten – Schüler wie Lehrer – einhellig erklärten, dass sie Marius eine solche Tat nicht zutrauten. Es zeigte sich aber auch, dass niemand wirklich etwas über ihn wusste, nur dass er ein sehr enges Verhältnis zu seiner Schwester Ariane hatte.

Ariane machte von Anfang an einen ausgesprochen selbstbewussten Eindruck. Sie betrat unser Büro mit hoch erhobenem Kopf und herablassendem Blick und legte uns Ermittlern gegenüber eine Art wohlwollender Arroganz an den Tag.

Auszüge aus dem Protokoll vom 03.02.2010
Befragung von Ariane Feister, geboren am 23.09.1992, Schülerin, durch Hauptkommissar Liefers
HK Liefers: »Ihre Mitschüler sagen, dass Sie zu Ihrem Bruder Marius eine sehr enge Beziehung haben?«
AF (achselzuckend): »Er ist gerne mit mir zusammen, doch das sind viele andere auch.«
HK Liefers: »Ihr Bruder hat sich im Haus von Frau Wenning aufgehalten, aber er war nicht alleine. Können Sie sich vorstellen, mit wem er zusammen war?«
AF: »Keine Ahnung. Nein, wirklich nicht.«
HK Liefers: »Die Tat scheint Sie nicht zu schockieren. Sie sind auch die Erste, die nicht behauptet, dass Marius zu so etwas nicht in der Lage wäre.«
AF: »Hm ... Na ja, wenn er das Geld abgehoben hat ...«
HK Liefers: »Er hat nicht nur das Geld abgehoben, wir haben seine Fingerabdrücke überall im Haus von Frau Wenning gefunden.«
AF (zuckt gelangweilt mit den Schultern): »Aber er ist erst fünfzehn, da kann ihm ja nichts passieren.«
HK Liefers: »Das sehen Sie falsch. Ihr Bruder ist strafmündig, und hier geht es um einen besonders grausamen Mord.«
AF: »Aber er hat sie doch gar nicht getötet. Wenn ich das richtig verstanden habe, dann ist sie von alleine gestorben. Er war ja nicht mal da, als sie starb. Also, dann ist das doch unterlassene Hilfeleistung und kein Mord.«
Pause.
HK Liefers: »Ariane, für mich hört sich das so an, als wüssten Sie mehr darüber. Hat Ihr Bruder mit Ihnen gesprochen? Was hat er dort gewollt?«

Pause.
AF: »Keine Ahnung. Marius ist sehr sensibel, und die Wenning konnte ihn nicht leiden. Die hat ihn richtig fertiggemacht. Er hatte immer eine Eins in Deutsch, und sie hat ihm für seine letzte Hausaufgabe eine glatte Sechs gegeben. Die Arbeit sei nicht von ihm, hat sie behauptet.«
HK Liefers: »Und? War der Vorwurf berechtigt?«
AF: »Lächerlich. Marius war da sogar besonders korrekt. Er hat nie frei zugängliche Texte aus dem Internet benutzt, sondern nur die, für die man bezahlen muss.«
HK Liefers: »Sie meinen, er hat die Hausarbeit gekauft, und damit war sie automatisch sein Text?«
AF (wohlwollend): »Herr Kommissar ... Wenn Sie etwas kaufen, also ganz korrekt bezahlen, dann gehört es doch Ihnen, oder irre ich mich da?«
HK Liefers: »Wenn ich ein Buch kaufe, kann ich sagen, es gehört mir, ich kann aber nicht behaupten, ich hätte es geschrieben, oder irre ich mich da?«
AF (verdreht die Augen): »Was für eine spießige Diskussion. Genau so hat die Wenning auch gequatscht. Richtig ist doch wohl, wenn Sie sich die Mühe machen, den Text abzuschreiben und hier und da umzuformulieren, dann haben Sie ihn geschrieben, oder?«
HK Liefers: »Lassen wir das. Sie gehen also davon aus, dass Ihr Bruder sich wegen der Note an Frau Wenning rächen wollte?«
AF: »Das wäre doch logisch.«
HK Liefers (laut): »Er hat die Frau gefesselt und dann verdursten lassen. Finden Sie das LOGISCH?«
AF (steht eingeschüchtert auf, kindlicher Tonfall): »Sie haben kein Recht, mich anzuschreien. Das dürfen Sie nicht. Ich will jetzt gehen.«

Nachdem Ariane Feister gegangen war, sicherte der Kollege Liefers die Fingerabdrücke auf dem Wasserglas, das sie benutzt hatte. Vier Stunden später wussten wir, dass Ariane das Schmuckkästchen, die Bettpfosten, das Klebeband und die Türklinke zum Schlafzimmer angefasst hatte.

Nach und nach rekonstruierten wir in den Verhören den Tathergang. Nach und nach wurden wir in den Tagesbesprechungen immer einsilbiger, jeder mit seinem Unglauben und Erschrecken beschäftigt. Ich war zum Zeitpunkt der Ermittlungen seit gut zwanzig Jahren Polizist, aber die Selbstverständlichkeit und die verdrehten Rechtfertigungen, mit denen die beiden sich voller Überzeugung als die eigentlichen Opfer darstellten, machten mir Angst. Der Fall Wenning hat, so meine ich manchmal zu spüren, bei mir und meinen Kollegen etwas ausgelöst, das ich Bestürzung nennen möchte.

Auszüge aus dem Vernehmungsprotokoll Ariane Feister vom 05.02.2010, vernehmende Beamtin: Hauptkommissarin Rehm

AF: »Es war so gemein. Marius hat geweint, und meine Mutter hat mehrmals mit der Wenning gesprochen, aber sie hat verlangt, dass er eine neue Arbeit vorlegt, wenn er die Note retten will. Das hat ihn ungeheuer verletzt. Marius hatte abends sogar einen Asthmaanfall. Den bekommt er immer, wenn er mit einer großen Belastung fertigwerden muss. Er kann an so einem Asthmaanfall sterben. Und dann? Wäre die Wenning dann ins Gefängnis gekommen? Nein, wäre sie nicht!«

[...]

AF: »Marius wollte mit ihr reden, aber dann war sie krank und sollte erst in der nächsten Woche wiederkommen. Marius war so fertig. Wir sind zu ihr nach Hause, wollten das klären. Wir wollten nur ganz freundlich mit ihr reden.«
HK Rehm: »Wann war das?«
AF: »Am Dienstag.«

[…]

AF: »Sie hat uns nicht reingelassen, hat sich in den Türrahmen gestellt, und wir haben die ganze Zeit wie blöde Bittsteller vor ihr gestanden. Das war so peinlich. Die war total uneinsichtig, hat gesagt, da gäbe es nichts zu reden, hat meinen Bruder einen Betrüger genannt. Plötzlich ist sie ins Haus gerannt, hat ›Meine Plätzchen!‹ gerufen und wollte uns die Tür vor der Nase zuknallen. Marius hat seinen Fuß dazwischengestellt. Die hat das gar nicht gemerkt, war schon in ihrer Küche. Wir sind dann auch rein.«

[…]

AF: »Sie stand vor ihrem Backofen und jammerte rum wegen ihrer blöden angebrannten Kekse, als wäre das eine Katastrophe. Völlig schräg. Ich meine … das muss man sich mal verstellen. Die versaut meinem Bruder, ohne mit der Wimper zu zucken, mal eben so die Zukunft, aber bei ihren Keksen, da bricht sie fast in Tränen aus. Total krank.«

[…]

AF: »Dann hat sie uns in der Küchentür gesehen. Wir haben nur dagestanden. Die hat sofort losgekeift, sie hätte uns nicht reingebeten, wir sollten ihr Haus verlassen, wir hätten keine Manieren und so, und sie würde die Polizei rufen. Wenn wir nicht auf der Stelle gehen würden, würde sie die Polizei rufen. Die war total hysterisch. Was hätten wir denn tun sollen? Wir wollten nur mit der reden, und die tut so, als wären wir Kriminelle.«

[…]

AF: »*Die hatte so einen Pfannenheber in der Hand und ist auf Marius los, und Marius, der hat sie nur von sich weggeschubst. Sie ist nach hinten gestürzt und mit dem Kopf auf die Arbeitsplatte geknallt. Das Mehl hat sie mit runtergerissen. Der ganze Boden war voll damit. Wir dachten erst, sie wäre tot, und wollten weg, aber dann haben wir gesehen, dass sie noch atmet. Ich meine, was hätten Sie denn getan? Die hätte doch alles verdreht, hätte behauptet, wir hätten sie angegriffen. Wir haben sie dann nach oben in ihr Schlafzimmer getragen.*«

An dieser Stelle (laut Aufzeichnung um 22.43 Uhr) wurde das Verhör abgebrochen und erst am nächsten Tag weitergeführt. Ariane hatte bis zu diesem Zeitpunkt ausschließlich Empörung gezeigt. Das änderte sich am nächsten Tag. Ich gehe davon aus, dass ihr Anwalt sie dazu gebracht hat, denn von da an redete sie öfter von »der armen Frau Wenning« und sagte mehrmals: »Die hat mir so leidgetan.« Sie weinte sogar einige Male. Die Wortwahl und die Tränen passten nicht zu ihrer Körperhaltung und ihrem Tonfall.

Und noch etwas änderte sich zu diesem Zeitpunkt. Stimmten die Schilderungen der Geschwister bis hierhin überein, so bezichtigten sie sich jetzt gegenseitig, die treibende Kraft gewesen zu sein.

Auszüge aus dem Vernehmungsprotokoll Ariane Feister vom 06.02.2010, vernehmende Beamtin: Hauptkommissarin Rehm, außerdem anwesend Rechtsanwalt Dr. Hans Domke
AF (lässig zurückgelehnt): »*Hören Sie, es gibt Anfragen wegen verschiedener Interviews. Zeitungen und so. Wann kann ich das machen?*«
HK Rehm: »*Erst mal haben wir hier den Tathergang zu klären.*«
AF: »*Das ist doch keine Antwort.*«
HK Rehm: »*Doch. Solange Sie in Untersuchungshaft sind,*

werden Sie nicht mit der Presse sprechen. Sie stehen unter Mordanklage, falls Ihnen das entgangen ist.«
AF (verschränkt die Arme vor der Brust): »Ich will wissen, wann ich hier rauskomme.«
HK Rehm: »Sagen Sie mal, haben Sie ...«
Unterbrechung des Verhörs auf Wunsch des anwesenden Rechtsanwaltes Domke.
Eine Viertelstunde später Wiederaufnahme der Befragung.
HK Rehm: »Sie haben gemeinsam mit Ihrem Bruder die bewusstlose Frau Wenning in ihr Schlafzimmer getragen. Was geschah dann?«
AF (gesenkter Blick, kindlicher Tonfall): »Der Marius hatte Angst, dass er von der Schule fliegt, wenn das rauskommt. Er hat sie festgebunden und ihr den Mund verklebt. Ich wollte ihn aufhalten, aber wir waren so durcheinander. Wir brauchten Zeit zum Nachdenken. Außerdem konnten wir nicht länger bleiben. Mama wartete auf uns. Ich hatte um fünf Klavierunterricht, und wir waren ja zu Fuß und mussten noch drei Kilometer durch die Kälte nach Hause laufen. Wir haben die Jalousien runtergelassen, den Hausschlüssel genommen und sind gegangen.«
HK Rehm: »Wann sind Sie wieder hingegangen?«
AF: »Gleich am nächsten Tag, direkt nach der Schule. Marius wollte nicht, aber ich habe gesagt: ›Die arme Frau, wir können sie doch nicht so liegen lassen.‹ Das hat er eingesehen.«
HK Rehm: »Als Sie am zweiten Tag dort waren, lag der eigentliche Vorfall bereits vierundzwanzig Stunden zurück. Sie müssen sich doch irgendetwas überlegt haben.«
AF (Tränen): »Sie begreifen nicht, wie verzweifelt ich war. Ich liebe meinen Bruder, verstehen Sie? Er wäre doch von der Schule geflogen. Und ich vielleicht auch. Der hat mich da voll mit reingezogen.«

[...]

AF (verzieht angewidert das Gesicht): »Als wir ins Schlafzimmer kamen, hatte die sich eingepinkelt und eingekackt. Das war voll eklig. Ich habe das Klebeband vom Mund genommen und ihr zu trinken gegeben.«

[...]

AF (mitfühlender Tonfall): »Ich wollte sie losmachen, damit sie sich sauber machen kann, aber Marius war dagegen. Also habe ich ihr eine Mülltüte untergelegt und sie mit den Keksen gefüttert. Sie hat geheult und versprochen, dass uns nichts passiert, wenn wir sie losbinden und dann gehen (kurzes Auflachen). Die wollte uns echt für blöd verkaufen, aber (sie bricht wieder in Tränen aus) ... Aber was hätten Sie denn gemacht? Hätten Sie ihr das etwa geglaubt?«

[...]

AF: »Marius war schon unten im Wohnzimmer, als ich runterkam. Er durchsuchte die Schränke. Ich war wütend, hab ihm gesagt, dass er alles nur noch schlimmer macht. Dann hatte er die Kontokarte. Er hat gesagt: ›Die Hausaufgabe hat mich hundert Euro gekostet, und die will ich zurückhaben.‹ Die hat die PIN für das Konto sofort ausgespuckt.«

An dieser Stelle füge ich zum Vergleich die Aussage des Marius Feister ein.

MF: »Ariane war unten geblieben, und als ich runterkam, hatte sie das Wohnzimmer durchsucht und wedelte mit der Kontokarte von der Wenning herum. Sie sagte: ›Wie viel hast du für die Arbeit bezahlt?‹ Sie ist dann hoch. War nicht lange weg. Anschließend sind wir wieder gegangen. Im Bus war mir total übel, und Ariane hat meine Hand genommen und ge-

sagt: ›Du holst dir auf jeden Fall das Geld wieder, das ist das Mindeste, was sie dir schuldet.‹ In der Sparkasse hat sie mir die Karte und die PIN gegeben. Wegen der Kameras. Weil sie keine Kapuze hatte. ›Nur die hundert Euro‹, hat sie gesagt. ›Wir sind schließlich keine Diebe.‹«

Kehren wir zurück zu den Aussagen der Ariane Feister.

AF (mit Tränen in den Augen): »*Bevor wir wieder gegangen sind, bin ich noch mal hoch zu ihr. Ich habe ihr versprochen, dass ich am nächsten Tag nach ihr sehe. Und das habe ich auch getan. Ich habe Pizza gekauft, ihr zu trinken gegeben und sie gefüttert, obwohl sie so gestunken hat, dass ich mich beinahe übergeben hätte.*«

[…]

AF: »*Am Donnerstag waren wir dann zum letzten Mal da. Wir haben die Kontokarte zurückgelegt. Wir sind schließlich keine Diebe. Danach sind wir nicht mehr hin. Opa hatte Geburtstag, und wir sind übers Wochenende mit Mama und Papa zu ihm nach Stuttgart gefahren. Ich habe mir wirklich Sorgen gemacht, aber ich war schon an Weihnachten nicht bei Opa, weil meine Freundin eine Party gegeben hat, und meine Eltern waren danach tagelang sauer auf mich. Das wollte ich echt nicht noch einmal durchmachen.*«

[…]

HK Rehm: »*Und am Montag?*«
AF: »*Aber ich dachte doch, die hat inzwischen jemand gefunden. Der geht es wieder gut.*«
HK Rehm: »*Sie wollen mir nicht ernsthaft erzählen, dass Sie*

davon ausgegangen sind, Frau Wenning sei wohlauf und aus irgendeinem Grund nicht zur Polizei gegangen.«
AF (zuckt mit den Schultern): »Doch. Ich meine, eigentlich war das doch alles ihre Schuld.«

In der Schilderung des Tatherganges stimmten die Aussagen der Geschwister überein, nur dass in Marius' Version Ariane die treibende Kraft war. Seine Aussage las sich wie die von seiner Schwester, nur mit umgekehrten Rollen. Wir wussten, dass sie beide mit einem blauen Auge davonkommen würden, wenn sich nicht klären ließe, wer welche Rolle gespielt hatte.

Gestern war der erste Prozesstag gegen Ariane und Marius Feister, und heute werde ich meine Aussage machen. Die Verteidigung plädiert auf fahrlässige Tötung. Es liegen psychologische Gutachten vor, die den beiden mangelnde Schuldfähigkeit bescheinigen. Ariane und Marius, so steht dort zu lesen, seien einer solchen Extremsituation nicht gewachsen gewesen. Von Überforderung und mangelndem Unrechtsbewusstsein ist die Rede.

Wir können beweisen, dass auf den Pizzakartons, am Teller mit den verbrannten Plätzchen und auf den Wasserflaschen ausschließlich Fingerabdrücke von Marius zu finden sind. Wir haben die Aussage des Inhabers der Pizzeria, dass es Marius war, der die Pizza kaufte. Damit erscheint es unwahrscheinlich, dass Ariane Frau Wenning zu essen und zu trinken gab. Was die beiden nicht wissen, ist, dass Frau Wenning auf ihrem Rechner ein Tagebuch geführt hat. Darin findet sich am 19. Januar 2010, also einige Tage vor ihrem Tod, folgender Eintrag:

Heute stand Ariane Feister nach dem Unterricht an meinem Wagen, und ich bin immer noch schockiert. Sie sagte mir mit einem freundlichen Lächeln: »Wenn Sie meinem Bruder nicht die Note geben, die ihm zusteht, werden Sie das bereuen.« Ich habe mich nicht provozieren lassen und geantwortet: »Ich habe deinem Bruder die Note gegeben, die ihm zusteht, und deine Drohung werde ich mit deinen Eltern besprechen.« Vor zwei Stunden habe ich Frau Feister erreicht und ihr davon erzählt. Sie hat mich angeschrien, ich solle es nicht wagen, derartige Lügen über ihre Kinder zu verbreiten. Es ist das erste Mal, dass ich Angst vor einer Schülerin habe.